*Lena Kugler,* geboren 1974, studierte in Heidelberg, Köln, Konstanz und Berlin. Heute lebt Lena Kugler mit ihrer Familie in Konstanz. Nach ihrem Roman ›Wie viele Züge‹, veröffentlicht im S. Fischer Verlag, ist dies ihr erstes Kinderbuch.

*Ludvik Glazer-Naudé* ist in Slowenien, Österreich und Deutschland aufgewachsen. Er studierte unter anderem an der Universität der Künste in Berlin. Seit 1991 arbeitet er als freier Illustrator und Designer für Theater, Magazine und Kinder- und Jugendbuchverlage. Er lebt mit seiner Frau und zwei Kindern bei Berlin. *www.atelier-glazer.de*

LENA KUGLER

# Bo im Wilden Land

Mit Bildern von
Ludvik Glazer-Naudé

Fischer Schatzinsel

Fischer Schatzinsel
Herausgegeben von Eva Kutter
www.fischerschatzinsel.de

Veröffentlicht im Fischer Taschenbuch Verlag,
einem Unternehmen der S. Fischer Verlag GmbH,
Frankfurt am Main, September 2006


Umschlaggestaltung: Buchholz/Hinsch/Hensinger
Umschlagillustration: Ludvik Glazer-Naudé
Satz: Pinkuin Satz und Datentechnik, Berlin
Druck und Bindung: Clausen & Bosse, Leck
Printed in Germany
ISBN-13: 978-3-596-85200-0
ISBN-10: 3-596-85200-5

*Nach den Regeln der neuen Rechtschreibung*

Für Ruth,
die darauf bestand,
mehr von Katanien und
dem Wilden Land zu hören,
und für Samuel, der seine
Schwester auf den nächt-
lichen Drachenausritten
mutig begleitet.

*L. K.*

# *Inhalt*

## *Und weg waren die Drachen*

In ganz Katanien war schon seit Monaten kein Drache mehr gesehen worden. Kein Ringelschwänziger Stachelhopser, kein Farbwechselnder Kragendrache, kein Blasbalgriger Natternzüngler, auch nicht das Fünfköpfige Rothaupt oder dessen kleinere, dreiköpfige Variante in Silber, der Schimmernde Blassling, von denen es ohnehin nur einige wenige Exemplare gegeben hatte – sie alle waren verschwunden, von Helden aus ihren Höhlen und Bergen, ihren Steinnestern gejagt und ruhmreich besiegt. Sie waren langsam immer weniger geworden. Einige mochten, der ständigen Hetze müde geworden, in andere Länder ausgewandert sein. Länder, von denen die Katanier nur aus schaurigen Märchen und Liedern wussten und die keiner je gesehen hatte. Wild musste es dort zugehen. Riesen und Drachen lagen dort in der Mittagshitze einträchtig nebeneinander und schnarchten, dass die Berge zitterten, und abends grillten sie Menschen, die sie sich aus den umliegenden Dörfern holten wie andere sich Beeren pflückten. Das erzählte man sich jedenfalls in Katanien, und unartigen Kindern drohte man damit, sie dorthin zu schicken, sodass die Kinder kreischten und sich an ihre Eltern drückten, obwohl sie wussten, dass die Großen nur so sprachen. Denn niemand hätte sich je in die Nähe dieser Länder gewagt, auch nicht, um unartige Kinder dort abzugeben, und die Kinder fragten mit glänzenden Augen, ob es dort wirklich so schrecklich sei, wie alle erzählten. »Ja«, sagte man ihnen, »sogar noch viel schlimmer. Wisst ihr denn nicht, dass dort die Riesenkinder keine Puppen, sondern Menschenkinder zum Geburtstag bekommen, mit denen sie anfangs noch spielen, ihnen die Haare kämmen und hübsche Kleidchen anziehen, aber irgendwann wird ihnen auch das süßeste Kind nur noch fade und sie werfen es in die Ecke und wollen ein neues.«

So schaurig es aber auch den Erzählungen nach in diesen wilden Ländern zugehen mochte – in Katanien selbst liebte man es gesittet und ruhig. Traf man sich auf der Straße, grüßte man höflich. Stand man zu zweit vor einer Türe und wollte hindurch, ließ man dem anderen den Vortritt. Und manchmal standen ganze Trauben von Menschen vor einem Haus und kamen nicht weiter, weil jeder dem anderen anbot, doch als Erster über die Türschwelle zu gehen, und sich weigerte, selbst den ersten Schritt darüber zu setzen. Nach Stunden höflicher Diskussionen beschloss man dann meist, eben woanders hinzugehen. In der Tat fiel auf diese Weise öfters der Schulunterricht aus, da sogar die Kinder auf dem Weg zu ihren Klassenzimmern sich nicht immer einigen konnten, wer als Erstes durch die Türe gehen sollte. Auf den Entschuldigungszetteln für die Lehrer, warum die Kinder nicht in den Unterricht hatten kommen können, stand an solchen Tagen nicht *Erkältung* oder *Bauchweh*, sondern *Höflichkeit*, und die Lehrer nickten verständig und waren kein bisschen böse. Im Gegenteil. Wer am häufigsten wegen Höflichkeit fehlte, bekam in sein Zeugnis sogar ein goldenes Stern-

chen geklebt, und die Eltern waren stolz auf ihr artiges Kind.
Dass die Drachen also plötzlich verschwunden waren, war für die meisten Katanier ein Grund zur Freude. Denn Drachen waren in Katanien für ihre Rüpelhaftigkeit berühmt. Auch wenn sie nicht ganz so viele Prinzessinnen geraubt hatten, wie man sich immer erzählte (eigentlich war in ganz Katanien nur eine einzige Prinzessin einen halben Nachmittag lang verschwunden gewesen, und später hatte sich herausgestellt, dass sie sich bloß auf dem Weg zur Toilette in ihrem Schloss mit seinen hundert Gemächern verlaufen hatte), wusste jedes Kleinkind in Katanien, wie böse sie waren. Denn Drachen, auch solche, die satt waren und sich offensichtlich nichts aus Prinzessinnen machten, ließen anderen nicht den Vortritt beim Durch-die-Türe-Gehen. Wenn sie sich mit ihren schwerfälligen Leibern auf den Weg machten, traten sie stattdessen mit ihren riesigen Pranken die Türe gleich ein. Und im Zweifelsfall auch gleich das ganze Haus. Und mit den Pfoten im Häuserschutt steckend, entschuldigten sie sich auch nicht, sondern wurden bloß wütend, weil eine zu Bruch gegangene Fensterscheibe oder die Ecke eines Kleiderschrankes sie in die kleine Zehe piekste. Nur

die allerhöflichsten unter ihnen, in deren Pranken zufälligerweise nichts steckte, was piekste, fragten vielleicht mit einem verwirrten Blick auf den Boden, warum dort kein Hügel mehr sei und ob das Haus denn schon gestern an diesem Ort gestanden habe? Was es natürlich hatte. Aber alles, was nicht so alt war wie die riesigen Gebirge mit ihren Schluchten und Tälern, ihren Wäldern und mächtigen Wasserfällen, war für die Drachen ebenso neu und ungewohnt wie für uns ein omelettbratendes Telefon. Und mal ehrlich, braucht ihr ein Telefon, das Eier braten kann? Im Grunde hatten sie sich an die kleinen, herumwuselnden Menschen, die in diesen beim geringsten Prankentritt umstürzenden Steinkästen wohnten, niemals gewöhnt. Erst recht nicht, als sie anfingen, die Drachen zu jagen. Denn auch wenn die Maurer und Dachdecker in Katanien sich wegen der Drachen nicht über mangelnde Arbeit beschweren konnten, sehr angesehene Handwerksleute waren und es bei ihnen das Sprichwort gab *Ward ein Drache gesehn, kannste arbeiten gehn*, hegten die meisten Katanier keine Sympathie für die Drachen und wären sie liebend gern losgeworden.

Und so gab es in Katanien nicht nur Lehrer, die die Höflichkeit ihrer Schüler mit Sternchen belohnten, es gab nicht nur Bäcker und Tischler, Maurer und Uhrmacher, sondern es gab auch die Helden. In glänzenden Rüstungen, auf feurigen Pferden zogen sie aus in den Kampf mit den Drachen. Wie der im Einzelnen verlief, war streng gehütetes Berufsgeheimnis. So genau erzählten die Helden das jedenfalls nie. Aber verkokelte Bärte und hässliche Brandblasen gehörten bei den Helden zum Berufsrisiko, von dem alle wussten. Denn Heldsein war bei den Kataniern ein Beruf wie alle anderen, und auch wenn ihr es euch nicht vorstellen könnt, der beliebteste war er mitnichten, und dies hatte nicht nur mit verkokelten Haaren oder Brandblasen zu tun. Sondern auch damit, dass man als Held auf der Suche nach Abenteuern so lange im Sattel saß, dass einem der Po wehtun konnte. Die funkelnde Rüstung – zu Hause war sie ordentlich geölt und blank geputzt worden – verlor schon nach einigen Tagen ihren Glanz, und wenn man in einen Regenschauer kam und nicht schnell genug Unterschlupf finden konnte, fing ihr Eisen an zu rosten und quietschte bei jeder Bewegung. Und die feurigen Pferde wurden auch irgendwann müde davon, einen Helden und seine schwere Rüstung auf ihren Rücken zu tragen. Standen an einen Baum gebunden neben einem rauchenden Lagerfeuer, verscheuchten mit ihren Schweifen die Fliegen und träumten von ihrem Stall und einer Schütte voll Heu. Wollten schlafen. Hätten sich so sehr gewünscht, dass der Held, der in seiner Rüstung wie in einer Konservenbüchse gesperrt vor ihnen lag, doch endlich einmal den Mund halten würde. Denn schon nach wenigen Tagen fingen die Helden, denen es langweilig wurde, niemanden zum Unterhalten zu haben, immer an, mit den Pferden zu sprechen. Über lauter unwichtiges Zeug plapperten sie. Schütteten ihr kleines Menschenherz aus vor dem Tier. (Aber das Herz eines Pferdes ist größer als das von uns Menschen, und deshalb trugen sie es mit Fassung.)

Und wenn die Helden von ihren langen Reisen endlich wieder zurückkamen, sprachen viele von ihnen auch weiterhin am liebsten mit Tieren. Einer von ihnen soll nach seiner Pensionierung sogar in einen Schweinestall gezogen sein und sich geweigert haben, überhaupt noch mit anderen Menschen zu reden. In Katanien hielt man Helden also aus gutem Grund für etwas wunderliche Menschen: nützlich, weil sie die Drachen vertrieben, aber auch ein wenig verrückt.

Wie viele Helden es in Katanien eigentlich gab, weiß niemand genau. Sicher nicht viele. Aber die wenigen, die es gab, hatten allmählich ein Problem, das größer und mächtiger war als drei Fünfköpfige Rothäupter zusammen (und immerhin sind das fünfzehn feuerspuckende Köpfe). Denn die Drachen, ihr erinnert euch, waren mit der Zeit immer weniger geworden. Anfangs waren die Helden noch stolz auf ihre gründliche Arbeit, und die Helden im Norden, wo man als Erstes bemerkte, dass die Drachennester leer und verlassen in den Gebirgsschluchten lagen, verkündeten, besser zu sein als die aus dem Süden, wo es angeblich sogar noch den Schimmernden Blassling geben sollte. Aber als auch dort schon seit Wochen kein solcher mehr gesehen worden war, hatten die Helden, auch die aus dem Norden, schon längst damit begonnen, die im Süden verbliebenen Stachelhopser zu suchen. Und die waren früher eine richtige Plage gewesen.

Auf immer längere Reisen gingen die Helden. Kämpften sich durch Gestrüpp, trieben ihre Pferde Gebirge hinauf und hinab, und ihr Hinterteil schmerzte vom langen Sitzen im Sattel. Zudem kam in diesem Jahr der Winter sehr früh, nämlich mitten im Sommer. Unter verschneiten, am Baum festgefrorenen Blättern saßen die zitternden Helden und versuchten, ein Feuer zu machen, das sie aufwärmen würde. Vor ihnen lagen die Berge und

Täler mit hohem Schnee zugedeckt, und die Decke aus gleißendem Weiß zeigte immer seltener Spuren von Drachen.
Zerkratzt und verdreckt, mit steinhart gefrorenen Bärten und schmerzhaften Frostbeulen am Körper, kehrten die meisten nach Wochen der vergeblichen Suche wieder nach Hause zurück. Nur die wenigsten hatten noch einen Drachen zum Kämpfen gefunden, auch wenn sie selbst darüber nicht sprachen. Statt der Frostbeulen hatten sie blutige Schrammen und statt vereister angekokelte Bärte. Aber irgendwann kamen alle Helden mit schillernden Eiszapfen im Gesicht und blaugefrorenen Fingern nach Hause zurück.
Friedlich lagen jetzt die Häuser in den katanischen Dörfern und wurden nicht mehr von Drachenpranken zerstört. Auf ihren ursprünglich rot leuchtenden Dächern lastete alleine das weiße Gewicht aus Schnee.
Wie vom Erdboden schienen die Drachen verschluckt, vom Schnee zugedeckt, weggeweht mit den wirbelnden Flocken. Der Ringelschwänzige Stachelhopser, der Farbwechselnde Kragendrache, das Fünfköpfige Rothaupt, der Blasbalgrige Natternzüngler und der Schimmernde Blassling: Sie alle waren verschwunden. Nur die Helden,

die wenigen, halb totgefrorenen Helden, die gab es noch. Von der Suche zerschunden, mit Fingern und Zehen, in die erst nach Tagen Gefühl wieder kam, saßen sie zu Hause und konnten es einfach nicht fassen.

Weg waren die Drachen – und die Katastrophe war da.

## *Eine Rüstung, die niemand mehr braucht*

Einer der Helden, die fassungslos in ihrer gut geheizten Küche saßen, während draußen der Schnee fiel, war Harold, der Vater von Bo. Und wie die anderen konnte auch er nicht begreifen, dass Kataniens Zeit mit den Drachen, und das hieß auch: seine eigene Zeit als Held – denn was ist schon ein Held ohne einen Drachen zum Kämpfen? – nun vorbei sein sollte. Urplötzlich und schmerzhaft wurde ihm klar, dass seine Heldenkarriere wohl auf Eis lag. Und dabei hatte sie noch gar nicht

richtig begonnen. Eben an dem Tag, an dem die *Katanische Rundschau* gleich auf der ersten Seite in roten Lettern das Verschwinden der Drachen verkündete, war Harolds Heldendiplom mit der Post angekommen. Und ohne ein anständiges Diplom in der Tasche durfte damals ein Held in Katanien nicht mal ausziehen, um einen frisch geschlüpften Drachen zum Kampf aufzufordern.
Bos Vater, den sie all die Jahre über dicken Büchern hatte sitzen sehen, den sie nicht hatte stören dürfen, wenn er für eine Prüfung in Drachenanatomie oder Feuerkunde gebüffelt hatte, bekam genau an dem Tag eine Urkunde, die besagte, dass er mit Auszeichnung sein Examen in Heldsein abgelegt hatte, als es gar keinen Sinn mehr hatte, einer zu sein. Denn was nützte es jetzt, dass seine Studie zu den verschiedenen Drachendialekten den Prüfern als wegweisendes Werk zum Verständnis der Drachenflüche erschien, dass er von allen Heldenstudenten am längsten auf der Pferdeattrappe hatte sitzen bleiben können, ohne auf die Toilette zu müssen, oder dass er ganz genau wusste, wo Dickdarm und Milz bei den verschiedenen Drachenarten eigentlich lagen und er noch als Student die Theorie entwickelt hatte, dass der Fünfköpfige Rothaupt auf mindestens

neun Augen farbenblind sei (eine Theorie, die er später, als richtiger Held, mit komplizierten Experimenten hatte belegen wollen) –, was nützte all das, wenn es jetzt in ganz Katanien keinen einzigen Drachen mehr gab?

Bo war zehn Jahre alt, und solange sie sich erinnern konnte, hatte ihr Vater davon geträumt, als Held Abenteuern entgegenzuziehen. Das Ausmaß der Katastrophe, die das Verschwinden der Drachen für ihren Vater bedeutete, verstand sie sofort, und Mitleid stieg in ihr auf, so heftig und heiß, dass es ihr schwer fiel zu atmen, und sie meinte, so rot wie ein Holzscheit im Feuer zu glühen. Und dabei hatte sie sich früher nichts sehnlicher gewünscht, als dass ihr Vater sich etwas anderes als Heldsein ausgesucht hätte. Heimlich hatte sie immer die anderen Kinder beneidet, deren Väter in der Bank arbeiteten, einen Bauernhof führten, Ärzte waren oder einen Süßwarenladen besaßen. Warum, hatte Bo sich manchmal gefragt, hatte Harold sich nicht für einen dieser dunklen Anzüge und eine Krawatte entschieden? Elegant und ernsthaft hätte er darin gewirkt und mit einem höflichen Lächeln die klirrenden Münzen der Bankkunden entgegengenommen. Warum hatte ihr Vater sich nicht für die wohlige Wärme eines Kuhstalls entschieden,

den dankbaren Blick von geheilten Patienten oder wenigstens für Regale mit Vollmilchschokolade und sauren Drops?
Stattdessen hatte ihr Vater es vorgezogen, Bücher zu lesen, die von nichts anderem als von Drachen handelten, riesigen Monstern, mit denen vernünftige Menschen lieber keinen Streit anfangen sollten. Und dabei hatte er nicht einmal ein eigenes Pferd. Die erste Zeit als Held würde er eben zu Fuß unterwegs sein müssen, hatte Lill, Harolds Frau und Bos Mutter, noch vor ein paar Wochen gesagt, als sie sich überlegt hatten, was sie Harold zur bestandenen Prüfung denn schenken sollten. Damit er vor Drachenhieben geschützt sei, hatte Bos Mutter schließlich von ihrem letzten Ersparten – denn sie waren nicht reich, und sie selbst verdiente als Schriftstellerin nicht eben viel Geld – statt eines Pferdes eine Rüstung gekauft. Bei einem Gebrauchtwarenhändler, der tausend traurige und verlassene Dinge aus Wohnungsauflösungen und Zwangsversteigerungen feilbot, hatte sie die älteste und billigste Rüstung gekauft. Sie war stark gebraucht, aber nur wenig verbeult, und nachdem Bo und Lill sie gründlich poliert hatten, glänzte sie silbern wie neu. Und obwohl Bo ihrem Vater so viel lieber ein Pferd geschenkt hätte, am liebsten ein schwarzes

mit einer weißen Blesse, auf dem sie dann auch hätte reiten dürfen, fand sie die Rüstung sehr hübsch und war das erste Mal stolz, ihren Vater bald als Helden in seiner funkelnden Rüstung zu sehen.

Aber am Tag, als Harolds Heldendiplom mit der Post kam und Bo und Lill die Rüstung aus der Kammer holten, in der sie sie versteckt hatten, freute sich niemand über ihr Funkeln und Glänzen, und in ihrem polierten Metall spiegelte sich bloß Harolds traurige Miene. Langsam, als sei es zum Tragen zu schwer und sinke herab, legte er sein Gesicht in die Hände, und das erste Mal in ihrem Leben sah Bo, wie er weinte. Lautlos, verzweifelt, sogar zum Schluchzen zu traurig, und vor Schmerz klopfte ihr Herz so schnell, dass sie dachte, gleich springe es aus ihrer Brust und laufe davon, hinaus in den Schnee, der es kühlte, und sie hätte so gerne etwas Tröstliches zu ihrem Vater gesagt, aber ihr fiel einfach nichts ein.

Auch ihre Mutter, im Erfinden und Fabulieren geübt, stand einfach nur da, und sie schwieg. Denn einen Drachen konnte selbst sie nicht aus einer ihrer Schürzentaschen zaubern, in denen sie sonst immer das Wunderbarste für Bo bereithielt, wenn sie hingefallen war und sich die Knie blutig geschürft hatte: einen grasgrünen Apfel, der so sauer war, dass man sofort wieder lachte, wenn man hineinbiss. Eine Murmel aus Glas, eine Träne zum Spielen, wie Lill sie nannte. Einen Stein, mit dem man auf dem Boden, auf den man doch eben gefallen war, Spielfelder malen konnte, Himmel und Hölle, und plötzlich fiel Bo nicht mehr. Auf nur einem Bein stehend, hüpfte sie leichtfüßig, als könne sie fliegen, über die Felder mit Zahlen, während ihre Mutter andauernd schwankte und ihren zweiten Fuß aufsetzen musste, sodass am Ende Bo immer gewann.

Aber jetzt setzte Lill sich nur neben ihren traurigen Mann, dem erst dann das Heldsein erlaubt worden war, als es zu spät war, einer zu sein, legte einen Arm um seine Schultern und weinte mit ihm. Von Harolds Schoß glitt die nutzlos gewordene Rüstung herab und fiel scheppernd zu Boden. Der Helm löste sich von den Schultern aus Blech, rollte Bo vor die Füße, und sein Visier klappte auf, als habe er etwas zu sagen. Und auch wenn es verrückt klingen mag: Bo hatte tatsächlich den Eindruck, etwas zu hören: Leise, mehr gewispert als wirklich gesprochen, und wenn ihre Mutter nicht genau in dem Moment angefangen hätte, sich lautstark zu schnäuzen, hätte sie wetten können, ihren Namen verstanden zu haben.

»Wir schaffen das schon«, sagte Lill, nachdem sie sich kräftig ausgeschnäuzt hatte, aber ihre Stimme klang dünn und zitterte leicht.
Harold nahm seine Hände herab und murmelte zaghaft: »Wir könnten die Rüstung verkaufen, sie war sicher teuer.«
Aber Lill schüttelte nur traurig den Kopf. »Warte ab«, sagte sie dann, »eines Tages wirst du sie sicher noch tragen.«
Dass man jetzt für die Rüstung keinen Penny mehr kriegte – ohne Drachen brauchte niemand die Helden und die wiederum keine Rüstung –, sagte sie nicht. Das dachte sie bloß. Und auch Bo hatte denselben Gedanken, als sie aus dem Fenster hinaussah auf die fallenden Flocken.
Es war der siebzehnte August. Alles spielte verrückt. Die Drachen waren gegangen, und der Winter kam eindeutig zu früh.

* * *

An diesem siebzehnten August, an dem die anderen Katanier das Verschwinden der Drachen feierten, gingen Bo und ihre Eltern früh zu Bett. Aber einschlafen konnte Bo lange nicht. Wenn sie die Augen schloss, tauchte das Bild ihrer weinenden Eltern vor ihr auf, und sie fühlte sich hilflos und klein. Sie hatten kein Geld mehr, dafür eine Rüstung, die niemand mehr brauchte, und nicht mal ein Pferd.

Draußen wurde trotz der eisigen Temperaturen gefeiert. Bo hörte die knirschenden Schritte im Schnee, das Lachen und Lärmen und ein seltsames Zischen und Sausen, gefolgt von einem vieltönigen Donnern, und sah aus dem Fenster hinaus. Der Nachthimmel glühte in tausend Farben, die schneebedeckten Dächer funkelten bunt wie mit Edelsteinen besetzt, und Raketen schossen hinauf und explodierten als leuchtende Blumen und wirbelnde Kreise. Die echten Drachen waren verschwunden. Nur solche aus Feuer zogen in Rot und in Gelb über den Himmel, stießen mit einem *Plopp* an die Wolken und regneten als bunte Funken auf die Menschen herab, die bei jedem verpuffenden Drachen wild applaudierten.

Erst als es viele Stunden später wieder ruhig auf den Straßen war, schlief Bo ein. Sie träumte von Drachen, von gelben und roten, die nacheinander in der Luft über ihr explodierten, und einer drehte seine fünf Köpfe in ihre Richtung und zwinkerte ihr mit allen zehn Augen zu. »Bin ich jetzt farbenblind?«, fragte ein Kopf. »Oder bin ich es nicht?«, fragte ein anderer, und fünf Drachenköpfe began-

nen zu lachen, als es auf einmal einen mächtigen, ohrenbetäubenden Knall gab.
Nass geschwitzt und mit Herzklopfen saß Bo in ihrem Bett. In ihren Ohren schepperte noch immer der Knall, als eine wütende, etwas hohl klingende Stimme sie anfuhr: »Hat dir noch niemand gesagt, dass ein Skateboard auf dem Boden mörderisch ist?«
Nur zwei Schritte von ihrem Bett entfernt lag flach auf dem Boden die Rüstung. Und während Bo wie gelähmt vor Schreck und ohne Erfolg ihre Stimmbänder dazu überreden wollte, laut nach Hilfe zu schreien – denn die Stimme war eindeutig nicht die ihres Vaters –, rappelte die Rüstung sich mühsam und immer noch leise vor sich hinschimpfend auf und trat zu ihr ans Bett.
»Wir müssen reden«, sagte die Rüstung. Ihr Visier stand offen, und mit kaltem Entsetzen sah Bo, dass sie leer war.

## *Eine Nacht voller Wehleid und Mitleid*

Die Rüstung hieß Robert. Sir Robert vom Mitleidigen Blech, um genauer zu sein.
Vom ersten Schreck noch benommen, schüttelte Bo die eiserne Hand, die sich ihr entgegenstreckte, und sagte höflich, wenn auch verdattert: »Sehr angenehm, Sir Robert vom Wehleidigen Blech, ich bin Bo.«
»Vom *Mit*leidigen Blech, nicht vom *Weh*leidigen!«, raunzte die Rüstung Bo an. Doch zu verdenken war ihr der kleine Verhörer ganz sicher nicht – oder wie hättet ihr reagiert, wenn euch mitten in der Nacht

eine Rüstung aus dem Schlaf geholt hätte, die leer war wie eine geplünderte Plätzchendose?
Für die mehr als sonderbaren Umstände ihrer ersten Begegnung war Bo aber ziemlich gefasst, auch wenn ihre Ohren ihr einen kleinen Streich gespielt hatten. Ansonsten war Bo nämlich ein Mädchen mit scharfem Gehör und mindestens ebenso scharfem Verstand, der sich merkte, was durch die schön geschnörkelten Trichter der nur *ein wenig* zu großen, nur *ein bisschen* zu weit abstehenden Ohren ihm zufiel. Und was sie mit diesen (zugegeben: nicht eben kleinen) Ohren nun hörte, behielt Bo in der Regel auch – zum Bedauern der Eltern leider auch das, was sie zufällig aufgeschnappt hatte und für ihre neugierig-großen Ohren gar nicht bestimmt war.
Ihr Gedächtnis war wie ein inneres Ohr, das nachklang, ein Labyrinth mit lauter kunstvoll verschlungenen Gängen, das auch den schiefsten Tönen und sperrigsten Wörtern Einlass gewährte, auch wenn sie deren Bedeutung nicht immer verstand – aber die Wege zu ihnen kannte sie bestens. Auf der Suche nach etwas einmal Gehörtem flitzte ihr Verstand immer zielsicher die geschnörkelten Gänge entlang und fand, was sie suchte.
Nur nicht diesmal. Aber so laut, wie Sir Robert

noch immer über den Skateboardsturz klagte und in harschem Ton mehrmals fragte, ob auch wirklich keine Beule an ihm zu sehen sei, lag sie mit *wehleidig* ohnehin gar nicht so falsch. Auch wenn sie, um die Rüstung nicht noch mehr zu ärgern, diesen Gedanken lieber für sich behielt. Und auch, dass man rechts hinten, dort, wo in einer normalen Rüstung eine Pobacke stecken würde, eine ganz kleine Delle schon sah. Stattdessen behauptete sie, keine Beule zu sehen, und fragte Sir Robert, warum er sich mitten in der Nacht in ihr Zimmer schlich, um mit ihr zu reden.

»Und worüber?«, wollte sie wissen.

Sir Robert klappte das Visier ein wenig herunter, dass nur ein Spalt offen blieb, und flüsterte leise: »Kann ich dir denn vertrauen?«

Bo dachte an die Delle, die sie ihm eben verschwiegen hatte, und schlechtes Gewissen beschlich sie, aber Sir Robert wartete glücklicherweise ihre Antwort gar nicht erst ab.

»Ich bin hier wegen der Drachen«, fuhr er fort, im selben verschwörerisch geflüsterten Ton.

»Wegen der Drachen?« Bo schnaubte verächtlich. »Dann sind Sie bei mir an der falschen Adresse, die Drachen können mir wirklich gestohlen bleiben!«

»Wer weiß, vielleicht sind sie das auch?«, rief Sir

Robert und klapperte aufgeregt mit seinen Scharnieren. »Und du und ich werden sie finden! Wo auch immer sie stecken!«
»Warum sollten wir das?«, fragte Bo. Und die Frage war wirklich berechtigt. Selbst die Helden hatten die Drachen nicht aufspüren können, sie waren verschwunden, und Katanien war endlich erlöst von seinen häuserzerstörenden Monstern. Doch eine vernünftige Antwort, warum sich nun Bo mit einer alten nutzlosen Rüstung in den Schnee aufmachen sollte, um die Drachen wider besseren Wissens zu suchen, musste Sir Robert sich trotzdem gar nicht erst einfallen lassen. Denn aus dem Zimmer der Eltern drang nun dumpf und verzweifelt ein schlaftiefer Seufzer von Harold. Auch im Traum verfolgten ihn Drachen, die es nun nicht mehr gab. Und tief innen in ihrer Brust knackte es plötzlich und krachte, als würden trockene Zweige gebrochen, etwas tat unendlich weh und splitterte auf, und einen kurzen, schreckenshellen Moment dachte Bo, jetzt müsse sie sterben, aber langsam ebbte es ab, und was blieb, war ein Ziehen, ein leises Vibrieren und Zittern.
Auf ihrer Schulter lag kühl die Hand von Sir Robert, und er beugte sich zu ihr herab und sagte in sanftem und dennoch eindringlichem Ton: »Das

ist dein Herz. Glaub mir, wenn wir beide nichts unternehmen, bricht es noch ganz, und ich weiß, wovon ich rede, man nennt mich nicht ohne Grund die Rüstung vom Mitleidigen Blech.« Und er klopfte sich mit seinem eisernen Handschuh an die gepanzerte Brust, wobei das Seltsame war, dass das Geräusch, das aus dem Brustpanzer drang, als ihn die Fingerscharniere berührten, gar nicht hohl klang, sondern so, als fülle etwas ihn aus.

»Zieh dich warm an«, sagte Sir Robert, nun wieder ebenso barsch wie am Anfang. »Nimm nur das Nötigste mit. In zehn Minuten brechen wir auf.« Er verbeugte sich leicht und war schon dabei, aus dem Zimmer zu gehen.

»Sir Robert! Warten Sie noch!«, rief Bo ihm hinterher, aber die Rüstung hob unwirsch die Hand und blaffte sie an: »Für Fragen haben wir jetzt keine Zeit –«, doch Bo unterbrach ihn: »Das Skateboard. Passen Sie auf!« Und gerade im letzten Moment, bevor er schon wieder ausgerutscht wäre, blieb er noch stehen. Vorsichtig schritt er über das Skateboard hinweg und drehte sich um. »Danke«, grummelte er, »aber jetzt zieh dich an. Und beeil dich. Und sollten wir wieder zurückkommen, räumst du als Erstes hier auf, der reinste Saustall ist dieses Zimmer!« Und so aufrecht und steif, wie

nur eine Rüstung ohne einen Menschen darin gehen kann, verließ Sir Robert den Raum.
Bo schlug die Decke zurück und fröstelte, obwohl die Heizungen auf Hochtouren liefen. Die Luft über den Rohren flimmerte heiß zum Fenster herauf, und wenn man hinaussah, schien es, als ob die Landschaft aus Schnee eine weiße Flüssigkeit sei, die in einem schief gehaltenen Glas hin- und herschwappte.
*Sollten wir wieder zurückkommen* hatte Sir Robert gesagt, als bestünden darüber ernsthafte Zweifel. Was erwartete sie auf der Suche? Wie lange würde sie dauern? Und hielt Sir Robert sie tatsächlich für derart gefährlich? Und wenn sie es war – war es nicht besser, ganz auf sie zu verzichten? Bo spürte ein Reißen in ihrer Brust, ihr Herz schien genau zu wissen, woran sie jetzt dachte. Sie dachte an Harold und Lill, aber auch an die Feier wegen der endlich verschwundenen Drachen, an die Raketen, den Traum, das ausgelassene Lachen der anderen, und mit dem dumpfen Gefühl, vielleicht den größten Fehler ihres Lebens zu begehen, griff sie nach Hosen und Pullis, zog sich an, packte den Rucksack, bis er so schwer war, dass sie ihn kaum auf die Schultern bekam. Wahllos griff sie hinein und zerrte das meiste wieder heraus. Und damit tat sie

sehr recht. Was sie im Folgenden brauchten, war wirklich sehr wenig: zuerst einmal warme Kleidung für Bo. Und eine gehörige Portion Glück für sie beide.

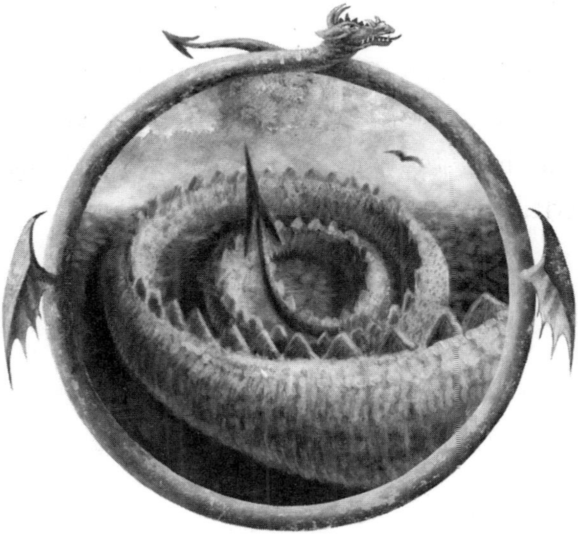

## *Wo-auch-immer liegt dort*

Die Spuren der Feiernden waren von einer neuen Schicht Schnee zugedeckt, nur die Luft roch noch leicht nach dem Schwefel der Feuerwerkskörper, und wo noch vor kurzem die Drachen aus Feuer ihre wirbelnden Tänze vollführt hatten, standen die Sterne jetzt starr, leuchtete hell die volle Scheibe des Mondes.

Die Lichter in den Häusern waren alle gelöscht, es war unglaublich still, nur der Schnee knirschte so laut unter ihren Füßen und von denen der Rüstung, dass Bo sich zu sorgen begann, sie könnten einen Unruhig-Schlafenden wecken. Doch hinter den dunklen Fenstern regte sich nichts, kein Wachhund schlug an, nur die Schneedecke krachte im Rhythmus der Schritte, die Rüstung schepperte hell bei mancher zu hastig gemachten Bewegung, Bo hörte das leise Reiben der vielen Scharniere. Aber das Dorf lag nach wie vor tief schlafend unter dem Schnee, und es hörte sie niemand. Die Ohren der anderen waren verschlossen und taub oder nach innen gerichtet, und was sie dort hörten, wusste Bo nicht, doch es war offenbar etwas anderes als sie und die Rüstung, die in zügigem Tempo, so gut es der Schnee ihnen erlaubte, die Straßen abschritten. Vorbei an den Häusern und Scheunen, die Bo so gut kannte. Dort war die Schule, das Rathaus, hier wohnte Bäcker-Karl, der sonst immer prahlte, in tiefster Nacht seine köstlichen Brötchen zu backen, aber jetzt schlief auch er, und auch die Fenster vom Dachdecker-Hans waren dunkel.

Neben Bos Eltern schien er der Einzige zu sein, der nicht in der Lage war, die Freude der anderen zu teilen: In seinem Garten wehte die Fahne mit seinem Dachdecker-Zeichen auf Halbmast. Ein Drachenfuß war darauf zu sehen, der auf einem Dachgiebel ruhte, und darunter stand in riesigen Lettern: *Die Ziegel von Hans bleiben drachenfest*

*ganz*, was zwar keineswegs stimmte, doch sich immerhin reimte. Um den Fahnenmast hatte Dachdecker-Hans als weiteres Zeichen der Trauer eine schwarze Schleife gebunden, und Bo bemerkte, dass um den Mast herum einige umgestürzte Flaschen mit nicht abgeschossenen Feuerwerkskörpern standen. Dachdecker-Hans schien die Feiernden aus seinem Garten vertrieben zu haben, wofür der zertrampelte Schnee, überall im Garten verteilte Strohhalme und vor allem ein großer, an die Hauswand gelehnter Kehrbesen sprachen. An einigen Stellen war der Holzstiel gesplittert und seine Bürste aus Stroh sah dünn und zersaust aus, als habe der Besen das letzte Mal einen Großputz gemacht. Die Versuchung der zurückgelassenen Feuerwerkskörper war für ein neugierig-findiges Mädchen wie Bo einfach zu groß, und ohne dass die eilig vor ihr hermarschierende Rüstung es merkte, schlüpfte sie schnell in den Dachdecker-Garten hinein und steckte zwei Feuerwerkskörper in ihre Taschen. Dann folgte Bo wieder der Rüstung auf ihrem Weg durch die menschenleeren nächtlichen Straßen und mit jedem schneeknarrenden Schritt nahm sie Abschied vom Dorf und von ihren Eltern.

***

Sie kamen hinaus zu den Feldern, der Weizen stand schief und weißgefroren im Schnee. Selbst die Bauern hatten vor Freude über das Ende der Zeit mit den Drachen vergessen, um ihre verlorene Ernte zu trauern. Noch lag in den Scheunen genügend Getreide, aber wie lange, fragte sich Bo, würde der Vorrat noch reichen für die köstlichen Brötchen, die Bäcker-Karl in anderen Nächten als dieser sonst immer backte?
Mit einem Ruck blieb die Rüstung vor einer verschneiten und kaum noch sichtbaren Weggabelung stehen, und Bo bremste im letzten Moment, bevor sie Sir Robert umgerannt hätte. Der hatte den gerade verhinderten Zusammenstoß gar nicht bemerkt, und während Bo mit den Armen rudernd noch das Gleichgewicht suchte, wandte er sich mit steil hochgerecktem Visier zu ihr um und fragte: »Nach rechts oder links? In welche Richtung sollen wir jetzt? Was meinst du, wo haben wir bessere Chancen, die Drachen zu finden?«
Das äußere Gleichgewicht hatte Bo wieder gefunden, aber innen in ihr begann etwas so heftig zu schwanken, dass ihr schwindelig wurde. Sir Robert war derart entschieden vor ihr hergeschritten, dass sie davon ausgegangen war, er kenne den Weg ganz genau.

»Weiß nicht«, stammelte Bo, »ich dachte, *Sie* wüssten, wohin wir jetzt müssen.«

»*Ich?*«, fragte Sir Robert in aufrichtig verwundertem Ton. »Warum sollte *ich* das denn wissen? Keine Ahnung, wo die Biester jetzt sind.«

»Aber Sie sagten, wir werden sie finden –«

»Ich sagte, wir werden sie finden, *wo auch immer* sie stecken, und wenn ich wüsste, wo Wo-auch-immer nun ist, hätte ich stattdessen den Namen des Ortes gesagt, das kannst du mir glauben. Also, was ist jetzt dein Vorschlag: In welcher Richtung liegt Wo-auch-immer?«

Bo sah sich um und dachte angestrengt nach. Sie kannte nur einen der Wege. Als immer breiter werdende Straße führte er direkt nach Brixton hinein, der nächst größeren Stadt, in der ihr Vater noch bis vor kurzem studiert und sie ab und an hatte mitkommen lassen. Bo mochte die Stadt, ihre Häuser, die größer und schöner waren als die halbhohen Häuser im Dorf, die breiten Alleen mit ihren Eis-, Spielzeug- und Buchläden dicht hintereinander, aber, fiel Bo plötzlich ein, nach Wo-auch-immer konnte der Weg dann nicht führen, wenn Brixton doch hinter ihm lag. Und von Brixton hatte die Rüstung tatsächlich kein Wort gesagt.

»Da lang«, sagte Bo und zeigte auf den Weg, den

sie nicht kannte, »Wo-auch-immer liegt dort«, und sie hoffte, sie habe damit auch Recht.
Nach gut zwei Stunden Fußmarsch durch den kniehohen Schnee war immerhin klar, dass der Weg nicht zu einer Stadt führen würde. Vor einem Wald, der trotz des hell gleißenden Schnees auf seinen Baumkronen dunkel und unheimlich wirkte, brach der Weg einfach ab. Sogar Sir Robert zögerte kurz und zuckte nervös, sodass kleine Lawinen aus Schneekristallen sich von seinen Schulterpanzern lösten, aber dann bog er beherzt einen sperrigen Ast zur Seite und wandte sich zu der schaudernden Bo: »Nach dir. Auch eine Rüstung weiß, was sich katanischen Damen gegenüber gehört.«
Bo war noch nie sonderlich höflich gewesen. Ihre Sternchen im Zeugnis waren zum Leidwesen ihrer Eltern nicht eben viele. Denn für das Warten vor Türen und das ständige »Bitte du doch zuerst« fehlte ihr einfach jede Geduld, auch wenn es eine prima Möglichkeit war, sogar mit Lob einige Schulstunden zu schwänzen. Rein oder raus, war ihre Devise, doch jetzt hätte sie gerne der Rüstung den Vortritt gelassen. Das Waldstück, das vor ihnen lag, war düster und knorrig, schwarz ragten die Bäume hinauf, und obwohl es zu dunkel war, um

etwas deutlich zu sehen, hätte sie wetten können, es bewegten sich Schatten darin.
Aber Bo fasste sich zitternd ein Herz, fasste ihr Herz, das wegen Harold noch immer vor Kummer vibrierte, schob sich an der wartenden Rüstung vorbei und trat ein in den Wald. Sir Robert folgte ihr dicht, der zurückgebogene Ast schnellte mit einem peitschenden *Ssst* wieder zurück, und wie eine zuschlagende Kellertüre schloss sich dunkel der Wald hinter ihnen.

# *Feuerwerk und Wölfe*

In ihren Ohren rauschte das Blut. Bo hörte die Baumwipfel hoch über sich tuscheln, aber sie verstand nicht, was sich da zugeraunt wurde. War es gut? War es böse? Ging es um sie? Spürten sie tief unter sich Bo und die Rüstung, wie sie sich an klebrig-schuppigen Stämmen entlang vorsichtig vorwärts tasteten, über Wurzelwerk fielen, sich durch das dichte Geflecht herabhängender Zweige schoben und Holz unter den Füßen zerbrachen?
Mit jedem Schritt tiefer hinein in die Schwärze des Waldes, eine Finsternis, wie Bo sie sich nie hatte

vorstellen können, sagte sie sich, dass es bald anfangen müsste zu dämmern und dann wenigstens ein bisschen Licht durch das Blätterdach einfallen würde. Und sie strengte sich an, in diesem Dickicht dunkelverwachsener Bäume an etwas Helles zu denken, an das Aufgleißen eines Wintermorgens im Schnee, und als habe der Wald ihre Gedanken gelesen und antworte höhnisch darauf, leuchteten plötzlich aus seiner düsteren Tiefe ein Dutzend rotglühender Punkte.

»Das sind Wölfe!«, zischte Sir Robert ihr atemlos zu, aber das hätte er gar nicht sagen müssen: Ein vielstimmiges Knurren und Heulen hob an. Bo hörte das leise Trappeln von näherkommenden Pfoten, und daneben, als wäre dies allein nicht schon beunruhigend genug, noch etwas anderes, das sie beim besten Willen nicht einordnen konnte: ein vielstimmig-dünnes Piepsen wie von ängstlichen Küken und ein dumpfes, immer wieder an Bäume stoßendes Rollen, als eiere ein wildgewordener Medizinball durch das Gehölz und das Laub.

»Sie sind auf der Jagd und haben ihre Beute offenbar schon gefunden«, wisperte Sir Robert ihr ins Ohr, »vielleicht werden sie uns gar nicht bemerken.«

Aber da sprang schon ein riesiger, knurrender Schatten direkt auf ihn zu. Zwei weitere folgten. Sir Robert verlor bereits beim Aufprall des ersten Wolfes das Gleichgewicht und stürzte scheppernd zu Boden, und auch die anderen zwei warfen sich auf ihn. Bo hörte das *Pling* von auf Metall aufprallenden Zähnen und ein wütendes Jaulen.

»Lauf um dein Leben!«, schrie Sir Robert ihr zu. »Ich halte sie auf! An mir werden sie sich ihre Zähne ausbeißen!«

Aber wohin sollte Bo in dieser Dunkelheit rennen? In Panik stolperte sie vor und zurück, krachte hart gegen Bäume, ins Gesicht schlugen ihr Zweige, und jetzt kam auch das seltsame Fiepsen und Rollen immer näher zu ihr, dicht gefolgt von dem Knurren und Hecheln der restlichen Wölfe, die Sir Robert nicht hatte aufhalten können.

Bo sah ihre stechenden Augen vor sich. Sie drehte sich um, und auch hinter ihr glühten die Wolfsaugen rot aus dem Dunkel des Waldes. Sie war umzingelt von einer Meute hungriger Wölfe. Da stieß mit einem *Plöpp* ein kniehohes Ei gegen ihr Bein, sodass auch sie beinahe fiel.

»Hilf mir!«, piepste es mehrstimmig neben Bo, »sie wollen mich fressen!«

***

Aber dasselbe Problem hatte auch Bo. Sie dachte nicht, dass die Wölfe sich damit begnügten, nur das Ei zu verspeisen, selbst wenn sich in ihm mehr als nur ein Wesen aufhalten mochte. Auch wenn die Wölfe Sir Robert als zu harten Brocken zum Fressen befanden, würden sie auf ein gut genährtes Mädchen wie Bo nicht aus freien Stücken verzichten. Und Bo fiel in diesem Moment wirklich nichts ein, wie sie die Wölfe von diesem Plan abbringen könnte.

»Das Holz will einfach nicht brennen, die Stöcke sind alle zu feucht hier im Wald«, klagten die piepsenden Stimmen im Ei, »hast du irgendwas, das man anzünden kann?«

»Ja«, sagte Bo und zog die geklauten Feuerwerkskörper aus ihrer Tasche heraus, »ich habe Raketen, aber ich habe kein Feuerzeug.«

»Macht nichts, leg sie nur neben mich und geh ein wenig zurück«, befahl ihr das Ei, als sei das Feuer das kleinste Problem beim Raketenanzünden, und trotzdem hätte Bo nicht gewusst, warum sie dem merkwürdigen Befehl des Eies mit den verschiedenen Stimmen eigentlich nicht folgen sollte. In dieser Lage erschien ihr alles Seltsam-Unsinnige besser, als sich einfach so auffressen zu lassen. Hätte das Ei, mit welcher Stimme auch immer, ihr gesagt, sie solle auf einem Bein tanzend *Hänschen Klein* singen, sie hätte es sicher gemacht, und wer weiß, vielleicht wäre das wirklich einen Versuch wert gewesen und hätte die Wölfe beeindruckt und sie abgelenkt von dem Gedanken, sie und das Ei zu verspeisen.

Wie geheißen, trat Bo also ein wenig zurück. In ihrem Nacken meinte sie schon den Atem der Wölfe zu spüren, und sie fragte sich, wie es sich anfühlt, wenn sie dich packen, wenn ihre Zähne dich beißen und reißen. Aber auf einmal sah Bo außer den leuchtenden Augen der Wölfe ein rotes Pulsieren vor sich. Das Ei glimmte heller und heller, als lecke ein Feuer von innen an ihm, man hörte es pusten und husten hinter der Schale, und das Ei glühte leuchtendrot auf. Sengende Hitze schlug Bo entgegen, vor ihren Füßen fingen Reisig und Laub an, knisternd zu rauchen, und mit einem mächtigen Zischen entflammten die Feuerwerkskörper und schnellten krachend hoch in die Luft.

Zwei herrlich leuchtende Feuerwerksdrachen flogen sirrend um die Stämme herum. Sie stießen herab und tanzten wild über den Köpfen der Wölfe, die in unbändige Panik gerieten. Die Tiere rannten winselnd im Kreis. Die Körper dicht an den Boden gepresst und die Ruten zwischen die zitternden

Beine geklemmt, stießen sie gegen Bäume, fielen blind vor Angst übereinander und stiebten schließlich jaulend davon. Noch aus der Ferne hörte Bo ihr klägliches Wimmern.

Im letzten Lichtschein der nur noch müde herumtanzenden Feuerwerksdrachen sah Bo, wie Sir Robert zerbeult und zerkratzt, aber sichtlich stolz, die Wölfe vertrieben zu haben, zwischen den Stämmen hervortrat. Er winkte ihr zu und kam näher, aber als er zuerst die Feuerwerksdrachen und dann das riesige Ei bemerkte, stürzte er fast über eine knotig-verwachsene Wurzel.

»Ein Drachenei!«, schrie er auf.

Aber das wusste Bo schon längst selbst. Im roten Schein des in der Schale entfachten Feuers hatte Bo seine Umrisse deutlich gesehen: ein zusammengekugelter Drache, auf dessen beflügelten Schultern drei kleine Köpfe saßen, die aus Leibeskräften ihre Backen aufbliesen und Flammen pusteten, was das Zeug hielt.

»Mir ist schlecht«, piepste dreistimmig das langsam wieder erbleichende Ei. »Zuerst das ständige Rollen kopfüber-kopfunter und dann noch das Feuerspucken, das war einfach zu viel. Kann einer von euch mich ein Stückchen weit tragen?«

Bo sah zur Rüstung. Sir Robert nickte nur leicht

mit dem Helm, trat heran, und während Bo ihm erzählte, wie das Ei die Feuerwerkskörper zum Tanzen gebracht hatte, lud er sich unter gewaltigem Stöhnen und Schnaufen das Ei auf den Rücken und wirkte nicht mehr ganz so zufrieden mit seinem errungenen Sieg über die Wölfe.

»Meine Wölfe haben sich ohne Raketen und flammenwerfende Eier aus dem Staube gemacht«, brummte Sir Robert, dessen Scharniere unter der Last quietschten und ächzten, und über seine Schulter hinweg stellte er übel gelaunt fest: »Also leicht bist du ganz sicher nicht! Schon mal von Diät was gehört?«

»Ich war das Kleinste im Nest«, fiepste beleidigt das Ei, »sonst wäre ich aus den Krallen von Mama gar nicht gefallen, als sie losfliegen musste. Ich bin so dünn, dass ich einfach durchgerutscht bin.«

»Und was machst du jetzt ohne Mama im Wald?«, fragte Bo, die sich, selbst so fern von Mama und Papa, gut vorstellen konnte, wie verlassen das Ei sich fühlen musste.

»Ich geh sie suchen. Ich kann ganz genau spüren, wo sie und meine Geschwister jetzt sind. Sie bewegen sich immer noch nördlich. Irgendwo hinter dem Wald müssen sie sein.«

Bo tauschte einen vielsagenden Blick mit der Rüstung. Wenn es stimmte, was das Ei ihnen erzählte, würden sie mit seiner Hilfe zumindest einen Drachen bald finden.

»Wir kommen mit!«, sagte Bo, und Sir Robert nickte ihr bekräftigend zu.

»Ja«, meinte er, »wo kämen wir hin, wenn wir ein wehrloses Ei allein lassen würden?«

***

Und so gingen sie los. Die Feuerwerksdrachen waren verloschen, aber der Morgen war endlich gekommen: Fahles Licht fiel durch die Lücken des Blätterdachs, und der vorher so düstere und dann grell erleuchtete Wald war jetzt grauweiß gesprenkelt wie das Ei auf dem Rücken der Rüstung und wirkte nicht halb so gefährlich wie vorher. Das Ei dirigierte, welche Richtung sie einschlagen mussten, und Sir Robert folgte den resolut gepiepsten Befehlen ohne zu murren, doch mit der Zeit schnaufte er zunehmend mehr, seine Schritte wurden schleppend und schwer, und auch Bo merkte allmählich, wie müde sie war. Während der Wald langsam zum Leben erwachte, dachte sie immer häufiger, wie herrlich es wäre, sich schlafen zu legen, in ihr eigenes Bett oder das eines anderen, eine Kuhle im Wald, ein von Drachen verlassenes

Nest ganz aus Stein, völlig egal, einfach nur liegen und schlafen.
Sie hörte das immer lauter werdende Singen von erwachenden Vögeln, über ihren Köpfen sprang ein rotbraunes Eichhorn im Zickzack von Baum zu Baum vor ihnen her, und in der Ferne sah sie ein halbwüchsiges Rehkitz eine Borke anknabbern, in seinem Fell waren die weißen Punkte beinahe verblasst. Erst da fiel Bo auf, was hier fehlte: Es fehlten der Schnee, das Eis und die Kälte. Ihr fiel auf, dass sie gar nicht mehr fror. Und obwohl das Ei nicht mehr glühte, sah sie ein leichtes Zittern der Luft über ihm und Sir Robert, ein Dampfen wie über den wärmepullernden Rohren der Heizung zu Hause, eine schlafwarm-flirrende Fata Morgana, dachte sie plötzlich und fragte sich gähnend, ob das alles ein Traum sei, ob sie bloß träume von einer Rüstung ohne einen Menschen darin, einem schneelosen Wald in eisigem Winter und dem Ei eines Drachens, den es in ganz Katanien doch gar nicht mehr gab. Immer langsamer setzte Bo einen Fuß nach dem anderen vor sich, dachte nach, ob man so große Schmerzen, wie sie in den Beinen jetzt hatte, auch träumen könne, und allmählich war es ihr völlig egal, ob sie träumte oder ob alles echt war, sie wollte bloß schlafen, wollte aufhören,

zwischen eng gewachsenen Stämmen zu gehen, über Lichtungen und dann wieder ins Dickicht hinein, durch das Gestrüpp, über Wurzeln, unter Bäumen in einem Wald ohne Ende.

»Da lang!«, piepste auf einmal das Ei aufgeregt und hoppelte scheppernd auf dem Rücken der Rüstung. Bo blickte auf. Zwischen den schütter gewordenen Zweigen gleißte es weiß. Ein schneebedecktes Tal lag zu ihren Füßen, und dahinter erhob sich steil ein Gebirge. Ein verwittertes Holzschild stand schief hinter dem letzten dürr gewachsenen Baum. Ohne Rücksicht auf jedwede Höflichkeitsform schob Bo sich am Ei und der Rüstung vorbei und wischte mit einem Ärmel den Schnee von dem Schild.

*Achtung*, war darauf in großen Lettern zu lesen, *Sie verlassen Katanien! Betreten des Wilden Landes nur auf höchsteigene Gefahr!* Und darunter stand kleiner in Klammern: *Sie sind doch nicht wirklich so töricht, jetzt weiterzugehen?*

## *Drängende Fragen*
## *(die allesamt nicht beantwortet werden)*

Und?, würdet ihr jetzt sicher gern wissen, *waren* sie so töricht, auf ihre höchsteigene Gefahr ins Wilde Land weiterzugehen?
Das Land mit den Riesen?
Den Drachen?
Das, wo sie Menschen statt Brathähnchen grillen?
Und zum Geburtstag nicht Puppen, aber putzige Mädchen und Jungen verschenken?
Solche wie *dich*?
*Waren sie wirklich so töricht?*

An eurer Stelle hätte ich das auch zu gerne gewusst.
Aber leider muss ich euch mit einer Antwort darauf auf später vertrösten.
Denn ob töricht oder nicht –
sie waren erst einmal rechtschaffen müde.

## *Torwa, der Held mit dem Hammer*

Sir Robert ließ ächzend das Ei von seinem Rücken herab und scherte sich nicht um sein wütendes Protestieren.

»Wir müssen weiter! Hinter den Bergen ist meine Mama! Wenn ihr nicht mitkommt, rolle ich eben allein!«, piepste es drohend, aber Sir Robert war kein bisschen beeindruckt davon.

»Das möchte ich sehen«, sagte er bloß, »ein Ei in diesem steilen Gebirge! Herunterkullern wirst du, kaum bist du ein Stückchen weit oben! Und sieh doch, dort liegen Steine, nicht weiches Moos wie im Wald, du würdest zerbrechen. Wir ruhen uns erst einmal aus. Dann sehen wir weiter.«

Bo war ihm dankbar. Keinen Schritt hätte sie weiter gekonnt. Und über das Wilde Land wollte sie sich lieber ausgeschlafen den Kopf weiter zerbrechen. Aus ihrem Rucksack holte sie Schlafmatte und -sack, und als sie eben wegen des Schnees wieder ein paar Meter in den Wald zurückgehen wollte, sah sie, wie er um das Ei herum anfing zu schmelzen. In einem kreisrunden, immer weiter werdenden Bogen verwandelte sich der Schnee in matschige Pfützen, dann verdampften auch sie, und in der nächsten Umgebung des Eies wurde sogar das Gras, das wieder zu sprießen begann, allmählich gelb und dann braun. Bo legte sich neben das immer noch maulende Ei, und wohlige Wärme dampfte ihr zu.

»Ich glaube nicht, dass es tagsüber in dieser verlassenen Gegend nötig ist, Wache zu halten«, gähnte Sir Robert, klappte seufzend sein Visier zur Gänze herab und streckte seine metallenen Beine von sich. Sein Atem ging tief, sein Brustpanzer bewegte sich ruhig auf und ab. Bo schloss die Augen und versuchte zu schlafen. Aber schon bald war aus dem Ei statt des Maulens ein dreistimmiges Schmatzen und Schnarchen zu hören. Bo tippte vorsichtig an seine Schale, drehte es sogar ein wenig herum, in der vergeblichen Hoffnung, die Schnalzer und Schnarcher würden dann etwas leiser, aber das wurden sie nicht. Sie stopfte sich Stoff in ihre empfindlichen Ohren, und als auch das noch immer nichts half, kroch sie aus ihrem Schlafsack heraus, leerte den Rucksack und stülpte ihn über das Ei. Gedämpft, aber noch immer gut hörbar, schnarchte das Drachenei seelenruhig weiter.

Entnervt wandte Bo sich zu der Rüstung: »Sir Robert?«

Jetzt, wo sie immer noch wach war, hätte sie gerne ein wenig mit ihm geredet. Hätte gefragt, ob er tatsächlich glaube, das Ei ins Wilde Land zu begleiten, sei ein vernünftiger Plan. Und ob sie vielleicht nicht doch besser umkehren sollten. Aber Sir Robert gab keine Antwort. Bo setzte sich auf, um ihn besser zu sehen. Arme und Beine weit von sich gestreckt, lag er flach auf dem Boden und rührte sich nicht. Sein Brustpanzer war ein wenig geöffnet. Sie schob sich zu ihm und lauschte. Kein Atmen war aus der Rüstung zu hören. Und mit leisem Grauen und dem dunklen Anflug von Wissen schob sie das Visier seines Helmes ein wenig hinauf und wisperte »Sir Robert, hören Sie mich?« in die Leere der Rüstung hinein. Doch nur ihre ei-

gene Stimme echote ihr dumpf entgegen. Die Rüstung lag da und rührte sich nicht, ein lebloser, zusammengestückelter Panzer aus Blech.
Bo schüttelte sich und kämpfte an gegen die Angst, mit einem in ihrem Rucksack schnarchenden Drachenei allein in direkter Nähe des Wilden Landes zu sein, robbte zu ihrer Matte zurück und kroch tief hinein in den Schlafsack. Tausend Fragen schwirrten in ihrem Kopf, und keine einzige Antwort fand sie darauf, nur einen tiefen, traumlosen Schlaf, in den sie bereitwillig sank, erschöpft und dankbar, nichts mehr denken, sich wenigstens für kurze Zeit nicht mehr fürchten zu müssen.

* * *

Als Bo aufwachte, stand die Sonne schon hoch. Als sei nichts gewesen, hockte Sir Robert neben dem Ei, das er offenbar dazu gebracht hatte, ein weiteres Mal Feuer zu spucken, um mit der glimmenden Schale Holz anzuzünden: Ein kleines Feuer brannte vor Bo, und auf einem flachen Stein brutzelten herrlich duftende Eier.
»Geschmacklos ist das!«, schimpfte das Drachenei. »Wenn ich gewusst hätte, dass du vorhast, Eier zu braten, hätte ich nie und nimmer Feuer gespuckt!«

»Du musst entschuldigen«, lenkte Sir Robert gut gelaunt ein (und wirkte kein bisschen zerknirscht), »aber etwas anderes war nicht zu kriegen, und du wirst einsehen, dass Bo etwas essen muss. Vor Hunger kommt sie sicher schon um.«

Und das stimmte! Bo setzte sich auf, sog den köstlichen Geruch von gebratenen Eiern tief ein, Wasser lief ihr im Munde zusammen, und eine Woge von Glück schwappte herüber. Sie waren in unmittelbarer Nähe zum Wilden Land, wo die Riesen und Drachen ihr schändliches Unwesen trieben, aber der gute Sir Robert war wieder wie früher, hantierte geschäftig und mit dem Ei diskutierend an ihrem Essen herum, alles war gut, alles war beinahe wieder gut, sagte sie sich, als auf einmal das Ei zu knurren begann.

»Jetzt hab dich nicht so!«, rief Sir Robert. »Solidarität unter Eiern in allen Ehren, aber was haben so poplige Vogeleier mit einem stattlichen Drachenei wie dir denn zu tun?! Dass ihr Drachen auch immer dermaßen übertreibt –«

»Ein Held! Ganz in der Nähe!«, unterbrach ihn knurrend das Ei und schnüffelte hinter der Schale gut hörbar mit seinen drei Schnauzen.

Und wirklich! Auf dem schmalen Pfad zwischen Wald und der Senke des Tals, das schon zum Wil-

den Land gehörte, kam ihnen ein Mann entgegen. Aber mit einem Helden hatte er zumindest auf den ersten Blick wenig zu tun. Ohne Pferd, mit taumelnden Schritten und in eine vor Dreck starrende Satteldecke gewickelt schleppte er sich immer näher heran. An seinen Schienbeinen und Armen fehlten die Panzer, und auch seinen Helm schien er verloren zu haben, nur die Lanze, auf die er sich stützte, sprach für die Vermutung des Eies, dass das wohl ein Held sein musste. Oder besser: das, was von ihm übrig geblieben war.
»Ihr müsst mich verstecken!«, piepste das Ei. »Sofort!«
Der Held war nur noch wenige Meter entfernt, und Bo griff ohne zu zögern nach ihrem Rucksack und stülpte ihn wieder über das Ei, sah zu dem Mann und erschrak. Ein wilder, strähniger Bart war ihm gewachsen, ganz das zottige Fell eines Wolfes. Aber das Beunruhigendste an ihm war, was nicht an ein Tier, sondern, wenn auch nur sehr weit entfernt, an einen Menschen erinnerte: seine Augen, die beinahe so hell waren wie Schnee. Unruhig fuhren sie hin und her, und sie zuckten, als blende sie Licht.
»Ich kann es kaum glauben! Träume ich oder sehe ich wirklich einen Kollegen und ein Feuer mit Essen?«, rief der Mann mit einer Stimme, die so rau

war, als habe er schon lange nicht mehr gesprochen. Er stand jetzt schwankend vor Bo und Sir Robert, der im letzten Moment sein Visier heruntergeklappt hatte und sich nun höflich verbeugte.
»Ihr träumt nicht. Aber bitte, überzeugt Euch selbst davon und macht uns die Freude, mit uns zu essen.«
Der Mann ließ sich ohne ein weiteres Wort neben Bo fallen, griff mit den bloßen Händen ins Feuer, fischte mit gierigen Fingern die Spiegeleifetzen aus den Flammen und verschlang sie vor ihren Augen. Wenn Sir Robert nicht so umsichtig gewesen wäre, gerade noch rechtzeitig auch einen kleinen Streifen Spiegelei für Bo zur Seite zu schaffen, wäre nur der nackte, glühende Stein für sie übrig geblieben.
»Hier«, flüsterte Sir Robert ihr ins Ohr und ließ den kümmerlichen Rest Eier in ihre Hände gleiten, sodass sie sich verbrannte, »iss jetzt und überlass mir das Reden.« Dann setzte er sich dem Helden gegenüber und wartete stumm.
Der Mann rülpste, lachte auf wie über einen guten Witz, den nur er selbst verstand, und seine unruhig zuckenden Augen fielen auf Bo und weiteten sich, als würde er sie jetzt erst bemerken. »Ihr habt ein Mädchen bei Euch«, wandte er sich mit stechendem Blick zu Sir Robert, »aber das ist keine

Gegend für Kinder, es sei denn, Ihr wollt sie bestrafen und abgeben im Wilden Land, aber so herzlos wäre wahrscheinlich nicht einmal ich – oder doch?«, und er lachte ein zweites Mal auf, wurde aber sofort wieder ernst. »Also sprecht: Was habt Ihr mit einem Kind hier zu schaffen?«

Sir Robert räusperte sich und sagte in bemüht gelassenem Ton: »Was sonst als unglückliche Umstände und die miserablen Ortskenntnisse meines Bediensteten, der damit betraut war, unsere Reise in die nächst gelegene Stadt zu organisieren, könnten uns hierhin schon führen? Verlaufen haben wir uns, und wie Ihr seht, hat dieser elendige Diener sich aus dem Staube gemacht, als berechtigter Zorn ihn zu treffen drohte. Darf ich vorstellen? Dies ist Bo, meine Nichte, und ich bin Sir Robert. Und mit welchem Ritter hatten wir die Ehre zu speisen?«

Der Mann sah Sir Robert misstrauisch an. »Es gibt keine Stadt in der Nähe«, presste er zwischen zusammengebissenen Zähnen hervor, und Sir Robert hüstelte leicht. Nach einer Pause, die Bo quälend lang schien, lachte die Rüstung gekünstelt und sagte: »Keine Stadt in der Nähe? Seht Ihr? Mein Bediensteter tat recht daran, sich meinem Zorn zu entziehen, findet Ihr nicht, Sir – wie war der Name noch gleich? Erwähntet Ihr schon, wie Ihr heißt, und ist mir Euer ehrenwerter Name unschicklicherweise entfallen?«

»Ich erwähnte ihn nicht, aber wenn Ihr so großen Wert darauf legt – man nennt mich Torwa.«

Sir Robert zuckte zusammen, und Bo hörte das Scheppern sogar der kleinsten Scharniere an ihm.

»Ihr kennt mich?«, fragte der Held mit belustigter Stimme.

»Wer kennt Euch nicht?«, antwortete Sir Robert und holte tief Luft. »Ihr seid Torwa, auch bekannt als der Held mit dem Hammer.«

***

Von einem *Helden mit Hammer* hatte Bo noch nie etwas gehört, aber es konnte nichts Gutes sein, was man sich über Torwa erzählte, denn Sir Robert machte ihr heimlich ein Zeichen, vom Feuerplatz abzurücken. Langsam schob Bo sich zurück und beobachtete, was zwischen der Rüstung und dem Helden weiter geschah. Torwa schlug die Satteldecke, die er trotz der Hitze des Feuers noch immer um sich gewickelt hatte, ein wenig zurück, und Bo sah statt eines Schwertes einen riesigen, schwarzglänzenden Hammer an seiner Seite.

»Macht mir nichts vor«, rief Torwa und griff nach dem Hammer, »denkt Ihr, ich wüsste nicht, woher

diese plötzliche Hitze kommt? Wo ist das Drachenei? Ich weiß, es ist ganz in der Nähe!«
Sir Robert sprang auf, mit einem Fuß gab er Bos Rucksack einen kräftigen Tritt, sodass das Ei den Abhang zum Tal runterrollte. »Lauf hinterher!«, schrie er zu Bo, und schon stürzte Torwa sich mit hoch erhobenem Hammer auf ihn.
Bo rannte den Abhang hinab, in ihrem Rücken hörte sie das dumpfe Schlagen eines Hammers, der auf Metall traf. Als bearbeite Torwa einen Amboss, dröhnten die wütenden Schläge zu ihr, und die Rüstung schien klirrend und klagend zu singen. Dann hörte sie Krachen, ein Sausen und Kullern, und plötzlich rollte Sir Roberts zerbeulter Helm an ihrem linken Fuß vorbei, überholte sie kichernd und blieb scheppernd in der Senke neben dem Drachenei liegen.
»Teufel! Was ist das?«, schrie Torwa, und Bo drehte sich um. Entsetzt stand der Held vor der kopflosen Rüstung und strauchelte leicht, sein Hammer fiel auf den Boden, und Sir Robert kickte ihn weit in den Wald und stolperte nun selbst den Abhang herab.
Torwa blieb regungslos stehen und sah wütend hinab in das Tal. »Ihr Narren! Ins Wilde Land flüchtet Ihr Euch? Das werdet Ihr noch bereuen!«,

schrie er herunter, drehte sich um und verschwand im Dickicht des Waldes.
Der kopflose Rest von Sir Robert kam nun neben dem Ei an, das sich maulend über den Fußtritt beschwerte. Aber Sir Robert beachtete seine wüsten Beschimpfungen nicht. Vorsichtig las er seinen Helm vom Boden auf, fuhr mit den eisernen Fingern über dessen Beulen und Dellen und setzte ihn seufzend wieder auf die Schultern. Dann stemmte er das noch immer schimpfende Ei auf seinen Rücken und stiefelte los in Richtung Berge.
»Komm schon!«, rief er über die Schulter zu Bo, die noch immer am Hang stand und hinauf in den Wald starrte. »Oder möchtest du Torwa noch einmal begegnen? Ins Wilde Land traut er sich mit Sicherheit nicht! Nur Narren wie wir machen das!«, und er lachte.
Bo drehte sich um und folgte ihm schaudernd.
Zwischen den dunklen Stämmen hatte sie die Umrisse von Torwa gesehen. In seiner Hand war wieder der Hammer gewesen.

## *Nahe am Abgrund*

Und so überschritten Sir Robert und Bo tatsächlich die Grenze zum Wilden Land. In ihrem Rücken ein böswilliger Held mit einem Hammer. Vor ihnen die Drachen und Riesen. Und der Weg zu diesen war steinig und schwer. Denn immer steiler wand sich der Pfad in die Höhe, immer schmaler und unsicherer wurde der Weg: Auf der einen Seite ragte schroff die Bergwand hinauf, auf der anderen klafften immer wieder Schwindel erregende Abgründe, und unter ihren Füßen rollte der glatt geschliffene Kies. Klackernd fiel er hinab in die Schluchten, und wie er dort auftraf, hörte Bo nicht. Auch ohne den Rucksack, den sie wegen Torwa am Waldrand hatte zurücklassen müssen, war der Aufstieg beschwerlich genug. Immer wieder machte Bo Halt, rang zitternd nach Luft, bemühte sich, nicht in den Abgrund zu sehen, und auch Sir Robert atmete schwer. Sogar das Ei hatte aufgehört mit dem Maulen.

Die Wipfel der Waldbäume, die Bo noch vor kurzem so unendlich hoch erschienen waren, lagen schon längst tief unter ihnen. Klein war der Wald, ein grünlicher Fleck, als blicke sie aus der Ferne auf eine Wiese hinab.

Hoch über ihren Köpfen kreisten bisweilen Vögel, die Bo nicht kannte. Sie waren größer und bunter als die Vögel Kataniens, aber es mussten Raubvögel sein, denn mit spitzen Schreien stießen sie herab. Ihrem Blick hinter den Zacken des Berges entzogen, hörte Bo manchmal das Quieken von Tieren, dann sah sie, wie die Vögel sich wieder hinaufwarfen in den Himmel. Mit ihren mächtigen Schwingen durchteilten sie sirrend die Luft, und in ihren Klauen hing schlaff ihre Beute.

Sie kletterten weiter, Stunde für Stunde, und als spielte der Berg ihnen einen üblen Streich, kam sein Gipfel einfach nicht näher. Die Sonne leuchtete schon rot, immer längere Schatten schnitten sich kantig in ihren Weg, und bald würde es dämmern.

»Wir müssen einen Unterschlupf finden«, keuchte Sir Robert, »im Dunkeln stürzen wir ab.«

Sie kletterten weiter. Hastig. Verzweifelt. Gejagt von der Nacht, die vor ihnen war. Fast verschluckt von den Schatten. Jetzt sah man schon beinahe nicht mehr, was vor einem lag. Wie eine dunkle Woge rollte die Nacht auf sie zu. Das Ei spuckte Feuer und glimmte, es strengte sich an, aber auf Dauer, das wussten sie alle, würde auch ihm die Puste ausgehen. Sein Licht wurde matter und matter, und im letzten Schein seines Leuchtens sah Bo in der Ferne das gelbe Gefieder eines der Vögel aufblitzen. Der Vogel kam näher. Mit ausgebreiteten Schwingen landete er auf dem schmalen Bergpfad ein wenig weiter oben, als sie selbst waren, schlüpfte kreischend in den dunklen Schatten eines Felsenvorsprungs und kam mit einer zappelnden Beute zwischen den Klauen wieder hervor.

Mit einem Röcheln und Husten verlosch nun das Feuer des Eies, dann war es endgültig dunkel, und Bo hörte über ihrem Kopf nur das Schlagen der Flügel. Wie Fledermäuse schienen die seltsamen

Vögel auch in der Nacht bestens zu sehen. Mit einigem Glück, dachte Bo, barg der Felsenvorsprung unter sich vielleicht eine Höhle, die groß genug für sie drei war. Den Gedanken, dass die Beute des Vogels womöglich nicht das einzige Tier darin gewesen war (und die Frage, *was* für ein Tier es denn war – lang war es gewesen, vielleicht eine Schlange), schob Bo schnell beiseite. Denn alles war besser als in der Nacht ohne Schutz auf dem bröckelnden Bergpfad zu bleiben.

Sir Robert war stehen geblieben und folgte nur zögernd der »Da lang!« keuchenden Bo, die sich mit schmerzenden Gliedern vorbei an ihm und in die vermutete Richtung der Felshöhle schob. Mit geschlossenen Augen tastete sie sich an der Bergwand entlang, in ihrem Rücken hörte sie die leise scheppernde Rüstung. Immer häufiger rutschte unter ihren vorsichtig tastenden Füßen Geröll in die im Dunklen unsichtbaren Schluchten hinab. Ihre Finger waren bald blutig gerissen, so fest klammerte sie sich beim Klettern an die kantige Bergwand und die dornigen Äste verkrüppelter Büsche, die, als brauchten sie keine Erde, direkt aus dem Stein zu wachsen schienen.

Unendlich lang war der Weg, und als sie auf der Höhe des Felsvorsprungs angekommen waren und sich seitwärts vorantasteten, fürchtete Bo schon, sie habe die kleine Kuhle im Berg bloß geträumt, als ihre wunde Hand statt auf Fels zu treffen plötzlich ins Leere griff. Bo strauchelte, fiel, und während sie stürzte, dachte sie kurz, ob das eine Schlucht sei, in die sie nun bodenlos fiele, ein tiefer, nie endender Abgrund, der sie jetzt schluckte, aber schon schlug ihr Körper auf kantigen Boden. Vor Schmerz brüllte sie auf, und trotzdem war sie noch nie im Leben so froh gewesen über die unnachgiebige Härte von Stein und hätte jubeln können über die Kratzer in ihrem Gesicht, die Prellung an ihrer pochenden Stirn.

Auch Sir Robert fiel der Länge nach hin. Das Ei rutschte von seinem Rücken, und nur durch Zufall rollte es in die richtige Richtung und nicht den Steilhang hinab. Schwer atmend blieben sie erst einmal liegen, lauschten hinein in die Nacht, in ihren schmerzenden Körper, den verbeulten Hohlraum aus Blech, den zusammengekugelten Leib eines dreiköpfigen Drachenbabys in der zum Glück noch immer intakten Schale des Eies.

Bo war die Erste, die sich aufsetzte und stöhnend ihre Arme und Beine massierte. »Geht es euch gut?«, fragte sie.

»Gut gehen muss etwas anderes sein, aber ich darf

wohl behaupten, ich bin auch damit zufrieden«, sagte Sir Robert. Auch das Ei meldete piepsend, dass bei ihm so weit alles in Ordnung sei, aber Bo glaubte ihm erst, als es im nächsten Atemzug wieder mit dem Maulen wegen des Sturzes von Sir Roberts Rücken begann.

Bo war erleichtert. Sie wollte sich eben wieder auf dem Boden ausstrecken, versuchen, kurz die Augen zu schließen und zu schlafen, als ihr der Vogel einfiel und die sich windende Beute in seinen Klauen. »Kannst du versuchen, noch einmal Feuer zu spucken?«, bat sie das Ei und erklärte, dass sie sich erst in der Höhle umsehen wolle, bevor sie sich ausruhen könnten.

Widerwillig und nur unter Protest machte das Ei sich ans Feuerspucken und -blasen, aber mehr als ein paar Sekunden schummriges Licht brachte es nicht mehr zustande. Viel war es nicht, was Bo in der kurzen Zeit erkennen konnte. Immerhin hatte sie deutlich gesehen, dass die Höhle recht groß war und sie drei sich nur in einer Art Vorplatz befanden. Weiter hinten führte ein Gang tiefer hinein in den Berg, aber das Licht des Dracheneies reichte nicht aus, um Genaueres zu erkennen. Zumindest der Vorplatz schien aber sicher zu sein. Bo hatte kein weiteres Tier mehr gesehen. Und sosehr sie auch lauschte, sie hörte kein Zischen oder Züngeln von Schlangen.

Richtig wohl war ihr nicht in der Höhle, aber mehr als Abwarten und Hoffen, dass alles gut ging, bliebe ihnen nicht übrig, dachte sich Bo. Und so zuckte sie bloß mit den Achseln und ließ sich im Dunkeln wieder neben Sir Robert und dem Drachenei nieder. Dem ging es so gut, dass es sich heftig und eifrig über das erneute Feuerspucken und das Kratzen in seinen drei Hälsen beschwerte.

»Ich bin heiser! Und das nur wegen euch!«, piepste es laut und keineswegs rauer klingend als sonst und hielt ihnen einen Vortrag über die schädliche Wirkung von Rauch während der Schwangerschaft, in der es sich immerhin noch befinde, solange es noch nicht geschlüpft sei. Bo verdrehte die Augen und wälzte sich auf die andere Seite, aber Sir Robert berührte sie leicht an der Schulter.

»Schlaf noch nicht ein, Bo. Ich habe an dieses maulende Ei eines Drachens noch ein paar Fragen, und die Antworten werden sicher auch dich interessieren.«

Dann tockte er kräftig an die Schale des Eies, um es wenigstens für einen Moment zum Schweigen zu bringen.

»Du hast uns noch gar nicht erzählt, *warum* deine

Mutter losfliegen musste. Gehe ich recht in der Annahme, dass sie Katanien wegen dieses Rüpels Torwa verließ?«
Das Ei stockte, und als es wieder zu sprechen begann, klang seine Stimme auf einmal tatsächlich belegt. »Nicht nur wegen Torwa. Er ist nur der Schlimmste von ihnen«, sagte es leise.
Sir Robert holte tief Luft. »Dann gibt es ihn also wirklich, den Orden vom Zerbrochenen Ei. Ich hatte gehofft, er sei bloß ein schlimmes Gerücht.«
»Der Orden vom Zerbrochenen Ei?« Bo setzte sich auf. Von ihm hatte sie noch nie etwas gehört.
»Der Orden vom Zerbrochenen Ei«, sagte Sir Robert, »ist eine Gruppe von Helden –«, aber das Ei unterbrach ihn mit wütender Stimme: »Das sind keine Helden, Banditen sind das!«, und Bo hörte am Quietschen des Helms, dass die Rüstung jetzt nickte.
»Ja, du hast Recht. Banditen sind das«, stimmte Sir Robert ihm zu. »Denn ihr Tun ist schändlich und feige. Statt die großen Drachen zum Kampf aufzufordern, wie es sich für Helden gehört, lauern sie deren wehrlosen Eiern auf. Verlassen die Eltern auch nur kurz ihre Eier, um sich Futter zu holen oder ein Schwätzchen mit den Nachbarn zu halten, klettern die Mitglieder vom Zerbrochenen

Ei in das Nest hinein und zertrümmern ohne Erbarmen die Eier. Und wenn die Dracheneltern wieder zurückkommen, finden sie nur noch zerbrochene Schalen und Babys, für die es zu früh war zu schlüpfen.«

Bo musste würgen. Mit den Heldengeschichten, den Berichten von Kämpfen mit grausigen Drachen, war sie vertraut. Doch in diesen Geschichten waren die Drachen die Bösen und die Helden die Guten. Nicht wenige der Geschichten endeten damit, dass die Helden die Drachen, die um ihr Leben winselten, großmütig verschonten und ihnen nur das Versprechen abnahmen, sich in den Dörfern nicht mehr blicken zu lassen und erst gar nicht auf die Idee zu kommen, sich an Prinzessinnen zu vergreifen. (Auch wenn das, wie schon anfangs erwähnt, eher eine Formsache war: Von Prinzessinnen, sowieso nicht sehr zahlreich in Katanien vertreten, wollten Drachen ohnehin gar nichts wissen, was sogar den Helden klar sein musste. Aber umso leichter konnte es den Drachen dann fallen, dieses Versprechen zu geben ...)

Doch mit diesen Geschichten hatte der Orden vom Zerbrochenen Ei nun gar nichts tun. Was er tat, war schrecklich. War feige. War glatter Mord. Und das an wehrlosen Eiern!

»Wir sind alle gegangen«, piepste das Ei. »In einem Land mit solchen Verbrechern will kein Drache mehr leben.«

»Aber warum tun sie das?«, fragte Bo und zitterte vor Entsetzen und Wut.

»Das«, tönte auf einmal eine kehlige, leider nur allzu vertraute Stimme in ihrem Rücken, »kann ich dir gerne erklären.«

Bo fuhr herum. Stockdunkel war es, aber um zu wissen, wem diese Stimme gehörte, brauchte sie gar kein Licht.

Den Hammer wie zum Spaß immer wieder dumpf gegen den Höhleneingang pochend, versperrte Torwa ihnen den Ausgang zum Pfad.

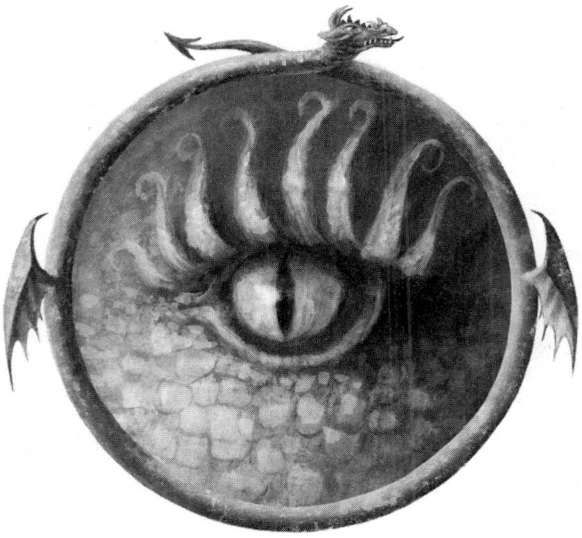

## *Das Geheimnis der Helden*

Mit einem scheppernden Ruck war Sir Robert auf die Beine gekommen, und auch Bo stand, einen Angriff erwartend, neben dem Ei, aber Torwa lehnte noch immer am Höhleneingang und machte keine Anstalten, sich auf sie zu stürzen. Stattdessen schwang er den Hammer gegen die Felsenwand. Erst sachte, als spiele er bloß, und dann stärker. Geröll bröckelte ab. Jetzt lag es schon knöchelhoch vor dem Höhleneingang, und Bo begriff, was er mit ihnen vorhatte: Feige und verschlagen wie er war, dachte Torwa gar nicht daran, mit ihnen zu

kämpfen, sondern wollte den Höhleneingang einstürzen lassen und sie im Felsen begraben.
Wut packte Bo, und mit einem verzweifelten Brüllen wollte sie sich eben auf Torwa werfen, als Sir Robert sie fest am Arm griff.
»Sei nicht verrückt«, zischte er ihr ins Ohr, »er weiß nichts vom Gang, der weiter in den Berg hineinführt. Vielleicht kommen wir auf diesem Weg noch heraus.«
Bebend beruhigte sich Bo, und Torwa lachte nur höhnisch.
»Deinen letzten Wunsch erfülle ich gern, kleines Mädchen, bevor du deine neugierige Nase ohnehin nur noch in Stein stecken kannst. Willst du noch immer wissen, warum unser Orden die Eier zerstört?«
Bo schluckte. »Ja«, rief sie zum Höhleneingang, während Sir Robert und sie im Dunklen so leise wie möglich das Ei tiefer in den Berg hineinbugsierten, damit keine Steinbrocken seine Schale verletzten.
»Darf ich dann fragen, ob du dich auskennst mit Helden? Weißt du, wie es ist, einer zu sein?«
Bo hatte nicht im Geringsten Lust, mit Torwa ein Schwätzchen zu halten, aber damit ihnen Zeit blieb, ihren Rückzug in den Berg hinein vorzube-

reiten, bevor die Felsenwand einstürzen würde, kämpfte sie an gegen den heftigen Wunsch, ihn wüst zu beschimpfen, und antwortete ihm: »Mein Vater ist Held.«

Torwa pfiff durch die Zähne. »Und hat dein werter Papa dir auch erzählt, wie viele Drachen er schon besiegt hat? – Nein, antworte nicht, lass mich raten: Zehn Drachen pro Jahr. Mindestens. Oder? Und seine kleine Tochter ist mächtig stolz auf ihren tapferen Vater.« Und er lachte so wild, dass es Bo kalt den Rücken herunterlief. Aber abrupt hörte er auf mit dem Lachen und sagte in düsterem Ton: »Diese Lügen haben wir alle schon einmal erzählt. Unseren Frauen, die zu Hause unsere Wunden versorgen, unseren Kindern, die uns mit großen bewundernden Augen an der Türe erwarten. Lügen! Nur Lügen! Aber der Orden vom Zerbrochenen Ei macht nun Schluss mit den Lügen!« Und er brüllte und schlug mit dem Hammer auf die Felsenwand ein, dass Bo, die keine Ahnung hatte, wovon Torwa da sprach, schon dachte, jetzt sei es so weit und dass die vordere Höhle einstürzen würde. Geröll fiel donnernd herab, Sir Robert warf seinen blechernen Körper schützend über Bo und das wimmernde Ei. Ein faustgroßer Stein durchschlug seinen Helm und

fiel, gefolgt von kleineren Kieseln, scheppernd in seine hohle Rüstung herein.
»Na prima!«, zischte wütend Sir Robert, als der Berg wieder still stand und er sich aufrichten konnte. »Mit den Steinen im Bauch hör ich mich an wie eine Rassel!« Dann machte er sich, so leise, wie es als klackernde Rassel eben nur ging, weiter daran, das Ei tiefer in den Berg zu bekommen, während Bo allein in der vorderen Höhle blieb, um Torwa noch weiter ins Gespräch zu verwickeln.
Schwer atmend stand Torwa noch immer am Höhleneingang. »Du hast keine Ahnung, oder?«, rief er in die Höhle hinein.
Bo zögerte. Dann holte sie Luft und sagte wahrheitsgemäß: »Nein. Ich verstehe nicht, wovon Sie eigentlich reden.«
»Ich rede davon, dass wir Helden vom Orden des Zerbrochenen Eies es satt haben, nur zu verlieren. Wir haben es satt, wie Kuchenteig von den Drachen geknufft und geknetet zu werden, bevor sie uns wieder abziehen lassen. Dein Vater hat es dir nicht erzählt, aber kein einziger Held hat je einen Drachen besiegt. Wir Helden haben immer verloren.«
Mit offenem Mund stand Bo in der dunklen Höhle und starrte in die Richtung, aus der Torwas Stim-

me kam. Was hatte er eben gesagt? Kein Held hatte je einen Drachen besiegt? War er verrückt? Oder stimmte das etwa?
Aber Torwa fuhr unbeirrt fort: »Unser Plan, die Eier zu zertrümmern, hat vorzüglich geklappt. Jetzt sind wir wirklich die Sieger! Und Katanien ist befreit von den Drachen! Sie sollen nicht denken, dass wir ohne sie nicht auskommen könnten. Das bisschen ewigen Winter überstehen wir leicht! Und jetzt komm heraus oder stirb im Felsen mit dem elendigen Ei eines Drachens!« Und damit sie auch wirklich begriff, dass es ihm ernst sei, schlug er wieder gegen die Wand, dass die Steine in taumelnden Kaskaden zu fallen begannen.
Bo drehte sich um. Weiter hinten hatte sie die rasselnden Schritte von Sir Robert gehört. Er war mit dem Ei jetzt wohl tief genug in der Höhle, aber sie selbst musste sich noch in Sicherheit bringen.
»Halt!«, rief sie Torwa zu. »Ich glaube Ihnen nicht. Wie meinen Sie das, dass noch nie ein Held einen Drachen besiegt hat?«, und vorsichtig, Schritt für Schritt, wich sie rückwärts ins Innere der Höhle zurück.
»So wie ich es eben gesagt habe. Oder glaubst du, ein so kleines Wesen, wie wir Menschen im Vergleich zu den Drachen nun einmal sind, könnte ih-

nen ernstlich Schaden zufügen? Geschweige denn, sie besiegen?«
Bo stolperte fast. Die Höhle war dunkel, und auch in ihrem Kopf wurde es finster, als stürzten ihre Gedanken in einen schwarzen Abgrund hinab.

***

Als kleines Mädchen – ihr Vater hatte eben mit dem Studium begonnen – hatte sie in der Tat nicht verstanden, *wie* ein Held einen Drachen erlegte.
»Darum studiert man ja Heldsein«, hatte Harold ihr erklärt und ihr ein buntes Schaubild aus seinen Büchern gezeigt. Unter dem Stichwort *Besiegen* war dort ein müde dreinblickender Drache abgebildet, auf dessen Schultern ein lächelnder Held mit einem hoch erhobenen Schwert stand.
»Und wenn sie sich wehren, wenn ein Held zum Besiegen auf sie draufklettern will?«, hatte Bo damals weitergefragt, aber ihr Vater hatte das Buch zugeklappt und gesagt, sie sei noch zu klein, um das zu verstehen.
Später hatte Bo allerdings mitbekommen, wie er Lill anvertraut hatte, dass er mit genau dieser Frage zu seinen Lehrern gegangen sei und ihm die Antwort darauf ein wenig seltsam erschiene.
»Sie haben gesagt, ich solle dem Drachen eben ein

Schlaflied vorsingen, wenn er sich nicht freiwillig zum Besiegen hinlegen wolle.«
Lill hatte ihn stirnrunzelnd angesehen und bei den Händen gefasst. »Du hast noch nie einen Ton auch nur annähernd getroffen. Also, bitte, versprich mir, dass du niemals im Leben versuchst, einem Drachen ein Lied vorzusingen! Noch vor dem Refrain wärst du erledigt!« Und Harold hatte geschluckt und genickt.

***

Vor ihren Augen war noch das Gesicht ihres Vaters, sein Zweifel, die leise Spur einer Angst, als Torwas kehlige Stimme Bo wie aus einem Traum aufschrecken ließ.
»Kommst du jetzt raus?«, schrie er ihr entgegen. »Ich verspreche, kein einziges Haar krümme ich dir! Wir wollen die Drachen töten, und Kinder nur, wenn es notwendig ist. Ich bringe dich selbst zu deinem Vater, und auch ihn können wir brauchen. Im Wilden Land gibt es genügend Eier für alle, die sich ohne zu lügen Held nennen wollen. Also, was ist jetzt? Ich zähle bis drei. Komm raus oder sag Lebewohl zu der Welt. – Eins.«
Bo drehte sich um und tastete sich mit fliegendem Atem an der Felswand entlang.

»Zwei!«

Sie hoffte, sie habe sich die Richtung zum Gang gut eingeprägt, und tatsächlich hörte sie jetzt in der Ferne das Rasseln der Rüstung, aber es war noch so weit! Angst stieg pochend in ihr auf, hastig stolperte sie weiter und prallte schmerzhaft mit der Schulter an einen Felsvorsprung, schob sich vorbei, und noch immer hatte sie den Weg nicht gefunden.

»Drei!«

Torwas Hammer donnerte laut gegen den Berg. Alles wankte. Schreiend griff Bo an taumelnde Wände. Es regnete Steine und Staub, sie bekam keine Luft, auf ihren Kopf, ihre Schultern fiel prasselnd Geröll, und im letzten Moment packte eine eiserne Hand sie am Arm und zerrte sie tiefer hinein in den Berg. Mit einem ohrenbetäubenden Lärm stürzte der Eingang der Höhle ein.

## *Der Weg durch den Berg*

Benommen lehnte Bo an der Schulter der Rüstung und krallte sich noch immer so fest an ihren eisernen Handschuh, dass sie ihn beinahe abriss. Ihre Finger sacht streichelnd, befreite Sir Robert seine Hand aus der ihren.

»Komm«, sagte er und wollte sie behutsam den Gang vorwärts schieben, als Bo sich plötzlich gegen ihn stemmte.

»Du hast es gewusst, habe ich Recht? Warum hast du mir das nicht früher erzählt?«, fuhr sie ihn an und dachte an ihren Vater. Selbst wenn es noch Drachen in Katanien gäbe, hätte er offenbar nie eine Chance gehabt, einen von ihnen im Kampf zu besiegen. Und ihr Herz verkrampfte sich so schmerzhaft, dass sie nach Luft schnappen musste.

»Ja«, sagte Sir Robert und schob unbeirrt Bo, die sich schon nicht mehr sträubte, sondern sich matt und ergeben seinem Druck überließ, hinein in den Gang, bis sie zum Drachenei kamen. Erschöpft setzten sich beide daneben.

»Weißt du«, fuhr die Rüstung dann fort, »übers Verlieren redet man nicht so gerne und oft. Was das betrifft, hat Torwa schon Recht, auch wenn die meisten Helden nicht wirklich lügen. Sie sagen einfach nicht alles. In der Regel sind es ohnehin eher schweigsame Typen. Vor allem aber sollte man das von der sportlichen Seite her sehen. Überhaupt muss man die Drachen erst einmal finden, was gar nicht so leicht ist, das kannst du mir glauben. Und wenn man sie erst einmal aufgespürt hat, freut man sich schon genug. – Gut«, gab er zu und hustete leicht, »man wird ein bisschen verhauen. Einige spucken Feuer auf dich. Nicht gerade angenehm, so viel ist sicher. Aber ich kenne nicht wenige Drachen, die einen nach einem fair ausgetragenen Kampf bitten, zum Mittagessen zu bleiben. Und die Drachenküche ist exquisit!«

»Meine Mama«, mischte das Ei sich ein, »hatte für die Helden im Kühlschrank sogar immer ein Bier. Das heißt, bevor sie anfingen, uns Eier zu töten.«
Sir Robert hob seine Hände beteuernd in die Höhe: »Ich schwöre, so etwas macht *nur* der Orden vom Zerbrochenen Ei, die *richtigen* Helden –«, aber das Ei unterbrach ihn: »Was heißt denn hier ›nur‹?! Du verstehst, dass wir auf Helden ganz allgemein nichts mehr geben.«
Sir Roberts Hände sanken herab, er stockte und nickte dann traurig. »Ja, das verstehe ich gut.«

***

Und auch Bo hatte verstanden. Alles war anders, als sie es bis vor kurzem noch dachte: Die Helden waren nicht immer gut. Einige von ihnen zertrümmerten wehrlose Eier. Und die, die das nicht taten, waren nicht siegreich. Kein einziges Mal hatten sie einen Kampf mit den Drachen gewonnen. Und die wiederum waren nicht böse. Sie waren mächtig und stark, doch bis auf das Häuserzerstören, das ihnen gelegentlich unterlief, und das Verhauen und Feuerspucken im Kampf schienen sie recht freundliche Tiere zu sein. Jedenfalls waren sie das bis vor kurzem gewesen. Und dass sie nun keine Helden mehr mochten, leuchtete wohl jedem ein.

Also warum, fragte sich Bo – und in ihrem Kopf drehte sich alles, ihr Herz setzte aus, stolperte weiter –, war sie dann eigentlich hier? In dieser Höhle? Begraben im Berg und nicht sonderlich sicher, wieder herausfinden zu können?

Was nützte das Mitleid mit ihrem Vater, das sie hergeführt hatte, wenn sie, selbst wenn sie es schaffte, Katanien wieder zum Land der Drachen zu machen, ihm damit nur die Wahrheit des ständigen Scheiterns mitbringen könnte? Auch er würde verlieren. Würde verhauen, mit Feuer bespuckt, und irgendwann würde er wissen, dass der Kampf aussichtslos, dass er dazu auch noch unnötig war, solange die Drachen sich dermaßen harmlos gaben.

Als habe Sir Robert Bos Gedanken gelesen, kroch er zu ihr und nahm ihre Hand. »Bo, beim Heldsein geht es doch nicht ums Gewinnen. Dein Vater fände sicher Gefallen daran, auch wenn er allmählich mitkriegen würde, dass man als Held immer den Kürzeren zieht. Aber schau doch: Man geht auf Reisen, hat viel frische Luft, die gute Küche der Drachen erwähnte ich schon, und zu Hause wird man zwar ein wenig schräg angeguckt, aber man wird auch heimlich bewundert, weil man den Kampf mit den Drachen nicht scheut.«

»Und warum?«, fragte Bo. »Warum dieses Heldsein? Das verstehe ich nicht.«
Doch bevor Sir Robert versuchen konnte, eine Antwort darauf zu finden (denn auch er hatte sie nicht), piepste das Ei schon heraus: »Recht hast du, Bo! Auch wir Drachen haben die Helden nie wirklich verstanden. Aber sie haben sich immer so unbändig gefreut, uns zu sehen, und das Kämpfen mit ihnen war meistens recht witzig, hat meine Mama erzählt. Wenn man zum Beispiel Feuer auf den Boden vor ihren Füßen spuckt, fangen sie an, lustig zu tanzen, wusstest du das?«
Bo stöhnte auf. Für die Drachen waren die Helden wohl nichts weiter als eine nette Unterhaltung gewesen. Sie wandte sich an Sir Robert. »Woher weißt du das alles? Warst du ein Held?«
»Hm«, sagte er langsam. »Ich war es, ich bin es, ich bin es nicht. Doch über mich brauchen wir jetzt gar nicht zu reden. Wir müssen weiter. Lasst uns hoffen, dass die Höhle noch einen anderen Ausgang hat. Wir müssen die Drachen vor Torwa warnen. Wie ich ihn kenne, wird er versuchen, auch im Wilden Land Unheil zu stiften.«
Und damit war das Gespräch schon beendet. Sir Robert hob sich das Ei auf den Rücken und ging scheppernd voraus, und sooft Bo auch versuchte,

ihn zum Reden zu bringen, schüttelte er, eine Spur heftiger rasselnd, bloß seinen Kopf.

***

Der Gang führte tiefer und tiefer hinein in den Berg. Bo hatte den Eindruck, im unterirdischen Dunkel durch ganze Länder und Kontinente zu gehen. Es ging hinauf, dann wieder hinab, sie bogen nach links, rechts, dann führte der Gang wieder schnurstracks geradeaus. Bo gewöhnte sich sogar daran, nichts zu sehen. Sie verließ sich ganz auf ihre tastenden Hände, auf das rhythmische Rasseln der Rüstung und das weniger rhythmische Schnarchen des Eies vor sich. Und als das Ei sich nach gut einer Stunde Tiefschlaf auf dem Rücken der Rüstung genügend erholt hatte, schlecht gelaunt aufwachte und nur widerwillig ansetzte, wieder Feuer zu spucken, tat das Licht in den ersten Minuten Bos Augen bloß weh.

Auch als sie sich an die Helligkeit wieder gewöhnt hatte, wusste sie nicht, ob es vorher, im Dunkeln, nicht um einiges besser gewesen war – denn der sich darbietende Anblick des Gangs war, gelinde gesagt, nicht eben beruhigend: Was ihre Fingerspitzen noch eben für glatt geschliffene Steine gehalten hatten, waren in Wirklichkeit knöcherne

Überreste von gigantischen Tieren, deren Skelette wie hochgeschwungene Stützbögen den Gang in den Berg hinein vor dem Einstürzen schützten. Im Flackern des Lichts sah es mehr als einmal so aus, als hoben und senkten sie sich, als atmeten die riesigen Brustkörbe noch, die sie schaudernd und doch fasziniert von der Schönheit ihrer geschwungenen, matt schimmernden Knochen durchschritten.
Sir Robert wandte sich um und rief erfreut: »Jetzt können wir sicher sein, dass es noch einen weiteren Ausgang gibt!«
Und als Bo nicht begriff, was er meinte, fügte er ungeduldig hinzu: »Die Skelette sind riesig, durch unseren Höhleneingang sind sie nie und nimmer gekommen. Es muss noch einen größeren Durchgang zu diesem Drachenfriedhof geben.«
»Drachenfriedhof? Ist das wirklich ihr Friedhof?«, fragte Bo und bemerkte weiter vorne tatsächlich fünf beindicke Halswirbelsäulen und die dazugehörigen Schädel.
»Was dachtest denn du?«, meinte Sir Robert. »Sehr lebendig sehen die Drachen doch wirklich nicht aus, also ihr Spielplatz wird das nicht sein.«
Und obwohl ihr eigentlich nicht danach war, musste Bo kichern.
»Hört mit dem Rumalbern auf!«, zischte da

wütend das Ei. »Das ist ein heiliger Ort für uns Drachen. Aber euch Menschen und zweibeinigen Blechbüchsen ist so was wohl fremd!« Und es drohte damit, nicht mehr Feuer zu speien, wenn sie nicht aufhörten, blöde Witze zu reißen.

Sir Robert und Bo senkten beschämt Helm und Kopf und schwiegen den weiteren Weg. Vorneweg ging rasselnd Sir Robert, das glimmende Ei auf dem Rücken, und Bo folgte ihm dicht. Wie seltsam es war, dachte Bo, auf dem Weg zu den Drachen erst durch sie hindurchgehen zu müssen, durch das Knochenspalier dieser riesigen Wesen. Ein Drache nach dem anderen hatte sich zum Sterben hineingezwängt in den Berg. Uralt mussten die Skelette schon sein, durch die sie jetzt schritten. Aber was, fragte sich Bo, und Übelkeit stieg in ihr auf, wenn sie bald zu Drachen kämen, deren Tod noch nicht dermaßen lange zurücklag? Welche Zeit brauchte solch ein mächtiger Körper, bis nur noch matt schimmernde Knochen von ihm übrig waren? Und kämen sie an erst kürzlich verstorbenen Drachen überhaupt noch vorbei? Doch als Bo schon Sir Robert am Arm packen wollte, um ihm von ihren grausigen Sorgen zu berichten, sah sie weit in der Ferne ein Licht.

»Der Ausgang!«, rief Sir Robert schon erfreut,

aber eine zischende Stimme, die nicht aus dem Ei kam, korrigierte ihn hämisch: »Dasss issst kein Ausssgang, mein Lieber, dasss issst ein Eingang. Und von unsss wird er bewacht.«
Vor ihnen erhob sich drohend eine riesige Schlange. Im flackernden Licht sah Bo ihre funkelnden Augen. Ihren aufgeblasenen Oberkörper wiegte sie leicht hin und her, und Bo konnte nicht anders als ihren hin und her schaukelnden Augen zu folgen.
»Schau weg! Sie hypnotisiert dich!«, schrie da Sir Robert, und mit aller Macht riss Bo ihren Blick von der Schlange auf ihre Füße herab. Voller Angst schrie Bo gellend auf: Der Boden vor ihnen bewegte sich heftig. Er war bedeckt mit abertausenden Schlangen. Große und kleine, armdicke und fadendünne längliche Körper, die sich krümmten und zischend sich wanden.

## *Eine rettende Lissst*

»Ihr müssst umkehren, ssso Leid esss mir tut«, zischte die riesige Kobra, die offenbar ihre Anführerin war, ihnen zu, aber bedauernd klang sie mitnichten. Ein grausiges Lächeln umspielte ihr züngelndes Maul. »Kein Lebender verlässst durch den Eingang den Felsss, ssso lautet unssser Befehl.«
»Wer hat Euch den Auftrag gegeben?«, fragte Sir Robert und schob sich schützend vor Bo.
»Die Drachen, wer sssonssst?«, zischte die Schlange und entblößte grinsend ihre blitzenden Giftzähne.
»Wegen der Drachen sind wir doch hier, wir müssen

sie warnen! Ein Verrückter ist auf dem Weg, ihre Eier zu töten«, rief Bo hinter der Rüstung hervor, in der Hoffnung, man könne mit den Schlangen noch reden und sie überzeugen, sie durchgehen zu lassen, aber die Schlange wiegte nur ihren schuppigen Kopf hin und her und züngelte scharf: »Befehl issst Befehl, wir hören nur auf die Drachen, kehrt um! Hier kommt Ihr nicht durch!«

Sir Robert hob das Ei auf seinem Rücken ein wenig herauf, dass auch die Schlangen es sahen, und rief ihnen zu: »Das ist ein Drache, und er gibt Euch den Befehl, uns freien Durchgang zu lassen!«

Aber dem Ei hatte es offenbar vor Schrecken die Sprache verschlagen. Keinen Pieps machte es. Von hinten klopfte Bo ihm fest auf die Schale und flüsterte ihm ärgerlich zu: »Na, jetzt mach schon, befiehl den Schlangen, dass sie abhauen sollen!«

Hinter der Schale schluckte es heftig, und dann piepste es ängstlich, »Haut ab!«, und klang mehr nach einem Küken als nach einem Drachen im Ei. Noch dazu einem wenig höflichen Küken, dachte Bo, die sich jetzt wünschte, das Ei hätte andere Worte gewählt, denn die Schlange richtete sich noch drohender auf und lachte nur höhnisch. »Dasss Einzige, wasss ich sssehe, issst dasss *Ei* einesss Drachensss und noch keinen richtigen Dra-

chen. Ein Ei kann nicht zählen! Kehrt alssso um, dasss ist kein Ausssgang für Euch!« Und sie rasselte ungeduldig mit dem Ende des Schwanzes.

»Drehen wir um«, flüsterte Sir Robert über die Schulter zu Bo, »es hat keinen Sinn, weiter mit ihr zu diskutieren, ab wann ein Drache auch einer ist, aber ich weiß schon, was wir jetzt machen, warte bloß ab!« Und vorsichtig, Schritt für Schritt und die Schlangen dabei nicht aus den Augen lassend, wichen sie langsam zurück. Das Licht des Ausgangs verschwand in der Ferne, sehnsüchtig blickte Bo auf den immer kleiner und matter werdenden Lichtpunkt, dann war er nicht mehr zu sehen. Um sie herum war wie vorher nur der knöcherne Berg.

Mit einem Ächzen ließ Sir Robert das Ei auf den Boden hinab und fingerte hastig an den Verschlüssen seines Brustpanzers.

»Was machst du?«, fragte Bo, die ihm verständnislos zusah.

»Kein *Lebender*, hat die Schlange gesagt, dürfe den Eingang als Ausgang benutzen, und das Ei lässt sie als Drachen nicht gelten, weil es noch nicht aus der Schale geschlüpft ist. Aber entweder ist es ein *lebender* Drache, was sie nicht wahrhaben will, weil sie seinem Befehl dann folgen müsste, oder aber *nicht*, und dann darf das Ei, gerade *weil* es noch nicht geschlüpft ist, den Durchgang passieren. Ich selbst bin eine Rüstung, die hohl ist. Als *Lebenden* kann man mich schwerlich bezeichnen. Weder muss ich essen noch trinken, noch kann ich wie alles Lebende sterben, das wird auch die Schlange einsehen. Das Problem bist also ganz allein *du*. Nur *du* darfst aus dem Berg nicht heraus.«

»Stimmt! Von dieser Seite hab ich's noch gar nicht gesehen«, piepste das Ei und hörte sich plötzlich schon wieder viel zuversichtlicher an, aber Bo kreischte auf: »Ich soll hier bleiben? Ihr wollt mich alleine hier lassen?!«

»Red keinen Unsinn! An so was denkt niemand«, griff Sir Robert beschwichtigend ein, »ganz im Gegenteil, Bo. Sobald ich meinen Brustpanzer aufgekriegt habe, kriechst du hinein, duckst dich, hältst deinen Mund, und wir gehen wieder zu den Schlangen zurück. Wollen mal sehen, ob wir sie nicht über den Tisch ziehen können!« Knarrend klappte die Rüstung auf, und bevor Bo es sich versah, hatte Sir Robert sie auch schon gepackt und hineingesteckt in sich selbst. Vor ihrer Nase verschloss sich der Panzer. Es war völlig dunkel darin. Ein klein wenig muffig, fand Bo und rümpfte die Nase. Sie hörte das Klacken der vielen Verschlüsse und fühlte sich wie in eine Dose gesteckt. Bequem war es auch nicht im Innern Sir Roberts. Ihre Füße baumelten hoch über den seinen, ihre Stirn reichte ihm nicht bis zum Hals. Sie saß auf den verbeulten Blechausbuchtungen, gemacht für den Po eines erwachsenen Helden, und natürlich waren auch sie viel zu groß für den ihren, und sie musste sich anstrengen, nicht herunterzurutschen. Außerdem lagen überall Kiesel, die stachen. Bo griff mit der Hand unter sich und wischte gut eine Hand voll Steine herab, die rasselnd in Sir Roberts Fußspitzen fielen, sodass er von einem Fuß auf den anderen hüpfte und Bo kräftig durchgeschüttelt wurde.

»Lass das!«, fuhr Sir Robert sie an, und seine Stimme dröhnte im Blech, von überall kam sie her. Sie hallte von oben und unten und tat weh, so laut wie sie war. Bo wollte sich die Ohren zuhalten, riss ihre Hände herauf und streifte plötzlich, kurz vor ihrem Gesicht, etwas Weiches. Erstaunt fühlte sie nach. Es war zart und gefaltet wie ein seidenes Tuch, und als sie mit den Fingern nochmals nachtasten wollte, fing es an, sacht zu vibrieren. Es flatterte leicht, als rührte ein Schmetterling einen Flügel.

Mit einem Ruck bewegte die Rüstung sich runter und vor, dann herauf, Sir Robert lud sich das Ei auf den Rücken, das Blech wurde heiß, und im

Holpern schlug Bo mit der Stirn gegen das seltsame Ding. Erschrocken fühlte sie nach, ob es verletzt sei, aber es flatterte ungerührt weiter.
»Du musst versuchen, mit mir zu gehen. Wir können uns nur zusammen bewegen. Und sag ja kein Wort, egal, was passiert!«, dröhnte Sir Roberts Stimme wieder um Bo, und sie nickte und tat, was sie konnte. Aber es war leichter gesagt als getan. Erst in ihm bemerkte Bo, wie ruckartig Sir Roberts Bewegungen waren. Mehr als einmal war sie von ihnen völlig überrascht und hatte eine andere Richtung erwartet, sodass sie polternd gegen ihn fiel und Sir Robert mit dem Ei auf dem Rücken zu straucheln begann. Zur Übung liefen sie immer wieder den Gang auf und ab, damit sie sich eingespielt hatten, bevor sie es wagten, sich erneut den Schlangen zu stellen. Bos Beine taten schon weh, obwohl sie den Boden gar nicht berührten, als Sir Robert endlich zufrieden war und meinte, so könne es gehen.
Im Innern der Rüstung zusammenkauert, dicht vor sich das jetzt aufgeregt flatternde Ding, lauschte Bo dem näherkommenden Zischen der Schlange, ihrer höhnischen Stimme und der ruhigen Sir Roberts, die mit gewählten Worten den Durchgang verlangte.

»Vor Euch steht eine Rüstung, die hohl, die weder lebendig noch tot ist, auf ihrem Rücken ein Drachenei, das Ihr selbst nicht als Drachen zu zählen bereit seid, und wenn Ihr es tut, müsst Ihr seinem Befehl auch gehorchen. Lasst uns durch, und wir werden den Drachen verschweigen, dass Ihr denjenigen, die sich aufgemacht haben, ihnen zur Hilfe zu kommen, den Durchgang verwehrt.«

»Und dasss Mädchen?«, wollte die Schlange jetzt wissen.

»Könnt Ihr es sehen?«, fragte Sir Robert zurück.

»Und Ihr sssagt, Ihr ssseid hohl?«

»Absolut hohl«, lachte scheppernd Sir Robert.

»Beweissst esss!«, zischte die riesige Kobra und schickte eine kleinere Schlange zu der Rüstung hinüber.

Mit angehaltenem Atem hörte Bo, wie Sir Robert sich den Helm von den Schultern nahm, um ihn der Schlange zu zeigen. Mattes Licht fiel durch die Öffnung in die Rüstung hinein. Dann schraubte Sir Robert einen Handschuh vom Arm, und die Schlange kroch züngelnd hinein. Ihre vor- und zurückzuckende Zunge berührte beinahe Bos Ohr, die sich, ihre Hand in den Mund gesteckt, mit aller Kraft bemühte, nicht gegen die Rüstung zu trommeln und zu schreien, dass sie rauskommen wol-

le – aber dann machte die Schlange gerade noch rechtzeitig kehrt und kroch zurück aus dem Arm. Mit einem Plumps fiel sie herab auf den Boden.
»Tatsssächlich hohl«, zischte sie und klang über alle Maßen enttäuscht.
Sir Robert setzte sich zügig den Helm wieder auf die Schultern und schraubte die Hand wieder fest. Bo hörte deutlich das wütende Rasseln der Kobra, die ihren Schwanz hin und her auf den Boden neben sich schlug.
»Jetzt lasst uns vorbei! Wir haben keine Zeit zu verlieren!«, rief da Sir Robert, ohne auf das Urteil der Schlange zu warten, und setzte sich so plötzlich in Bewegung, dass Bo wieder beinahe gegen den Brustpanzer stieß, aber das seltsame Ding faltete sich abfedernd auf und umfing ihre Stirn, bevor ein Geräusch sie verriet.
Mit den metallenen Füßen laut auf den Boden aufstampfend, verscheuchte Sir Robert die Schlangen im Weg, und dass auch er mit jedem Schritt wie ihre Anführerin rasselte, schien sie erst recht zu vertreiben. Bo hörte rechts und links das sandpapierene Reiben der sich wegwindenden Körper, das leise Gezüngel der sich entfernenden Tiere. Mit riesigen und dennoch ruhigen Schritten ging die Rüstung voran, kein einziges Mal drehte Sir

Robert sich um, und innerlich jubelnd bemerkte die angestrengt mit den Beinen vor- und zurückrudernde Bo, wie Licht, immer mehr Licht, durch das Loch im Helm und die Spalten zwischen den einzelnen Panzerplatten und -plättchen in die Rüstung einfiel.

Es wurde heller und heller, ein frischer Luftzug wehte in die Rüstung herein, und nach einiger Zeit, die Bo quälend lang schien, blieb Sir Robert stehen, hievte das Ei vom Rücken herab und begann von neuem, an seinen Verschlüssen zu schrauben. Endlich klappte der Brustpanzer auf, und Bo war geblendet vom Licht.

Im warmen Schein einer hell leuchtenden Spätsommersonne saß sie auf den unbequemen Poplatten der Rüstung, streckte mit geschlossenen Augen die Arme nach oben und schrie laut: »Hurra!«

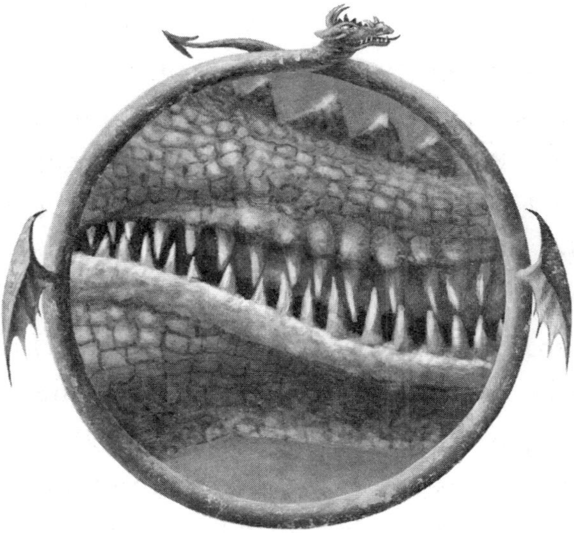

## *Ein Held wie so viele*

Im goldenen Spätsommerlicht lag vor ihnen das Wilde Land. Es war warm, wie bunte Fackeln leuchteten Bäume in Gelb und in Rot, aber das Gras war noch grün, und auch die Luft roch noch immer nach Sommer – nach etwas angenehm Süßem und Trägem, nach Beeren und gärendem Fallobst, von dem in surrenden Wolken betrunkene Wespen und Fliegen aufschwirrten.
Bo stieg aus der Rüstung, schüttelte seufzend die Arme und Beine und blickte sich um. Umrahmt von Gebirgszügen, die in waldbewachsenen

Hängen ausliefen, sah sie eine weite Landschaft sanft ansteigender Hügel und Täler und riesige, ockergelbe Felder Getreide. Wie Perlen an einer Schnur aufgereiht lagen entlang eines sich behäbig windenden Flusslaufs mehrere Ortschaften, und mit Staunen bemerkte Bo, wie groß ihre Häuser waren, gut viermal so groß wie zu Hause bei ihr. Hier mussten die Riesen wohnen, und sie wohnten nicht schlecht und schienen eine Vorliebe für kräftige Farben zu haben, die Fassaden und Dächer der riesigen Häuser leuchteten auf in Gelb, Violett und in Blau. Doch am meisten in Erstaunen versetzte Bo ein in der Mitte liegender halbhoher Berg. In der Form eines riesigen Kegels ragte er weiß wie ein Zuckerhut auf, und selbst aus der Ferne konnte Bo gut erkennen, dass er eine Vielzahl von Ausbuchtungen hatte, die wie eine Spirale zur Spitze hochführten, als hätten riesige Schwalben dort nach einem eigentümlichen Muster ihre Nester gebaut. Und tatsächlich war ein buntes Fliegen und Kreisen um diese halbrunden Gebilde am Berg ganz deutlich zu sehen.
Ohne den Blick vom seltsamen Felsen zu wenden und die Antwort schon wissend, fragte sie: »Sind dort die Drachen? Sie sind ja so viele.«
»Ja«, sagte Sir Robert, »der älteste Brutfelsen der

Drachen liegt jetzt vor uns. Ein wenig mehr als einen Tagesmarsch werden wir brauchen, aber nach allem, was hinter uns liegt, wird das der reinste Spaziergang.« Doch statt sie wie sonst vorwärts zu treiben, setzte Sir Robert sich mit noch immer geöffnetem Brustkorb hin.

»Warum gehen wir nicht los?«, fragte Bo, und auch das Ei brannte darauf, weiterzuziehen. »Meine Mama! Ich spür es genau, sie ist ganz in der Nähe!«, piepste es aufgeregt und sprang wie ein zu groß geratener Flummiball auf und ab.

»Geht nicht, ich brauch eine Pause – vielmehr braucht *das* frischen Wind unter sich«, sagte Sir Robert, und behutsam griff seine eiserne Hand an die Innenwand seiner aufgeklappten Brust. In seinen zärtlich gewölbten Fingern barg sich das flatternde, silbrigdurchsichtige Ding.

Bo beugte sich zu ihm. »Was ist das, Sir Robert? Es ist schön.«

»Das ist das, was mich jetzt schon seit Jahren begleitet, was in mir steckt, du hast es selber gespürt. Das ist der abgerissene Flügel eines frisch geschlüpften Drachens. Er beschützt mich. Auch über den Tod hinaus ist er das, was mich bewegt.«

Das Ei piepste auf: »Also *du* bist der eine? Jedes neu gelegte Drachenei kennt die Geschichte von dir! Oh, ist das spannend! Meine Geschwister werden platzen vor Neid, wenn sie hören, dass ich dich kenne! Wie blöd, dass ich keinen Stift bei mir habe, ein Autogramm auf der Schale wäre gigantisch! Aber warum hast du das denn nicht früher erzählt?«

»Das hätte doch gar nichts geändert«, sagte Sir Robert und strich zärtlich über den silbrigen Flügel.

Verständnislos blickte Bo zu dem Ei und der Rüstung. Warum brachte ein abgerissener Drachenflügel in Sir Roberts Besitz das Ei derart in Verzückung und nicht in Rage? Was hatte Sir Robert mit ihm zu tun? Aber sie brauchte die Fragen gar nicht zu stellen. Sir Robert klopfte mit der freien Hand auf den Platz neben sich, und noch bevor sie sich hingesetzt hatte, begann er schon zu erzählen:

***

»Als ich noch lebendig war, war ich ein Held wie so viele. Ich zog aus in den Kampf mit den Drachen, und ein ums andere Mal habe ich ihn verloren. Aber glaub mir, es hat mich nie wirklich gestört. Man gewöhnt sich an vieles, sogar an Feuer unter den Füßen, solange man das Glück hat, die Drachen immer wieder aufzuspüren und vor ihnen zu stehen, um sich mit ihnen messen zu können.

Natürlich habe ich den Traum, einen Drachen im Kampf zu besiegen, trotzdem weitergeträumt. Und eines Tages wurde er beinahe wahr. Das heißt, er *hätte* wahr werden können, und du weißt nicht, wie froh ich bin, dass er es schließlich nicht wurde.« Sir Robert machte eine Pause und streichelte sachte und ganz in Gedanken verloren den silbrigen Drachenflügel in seiner Hand, dass Bo schon fürchtete, er würde aufhören zu erzählen, doch nach einem Seufzer setzte er wieder an:
»Fast auf den Tag genau vor fünfzig Jahren, als der Sommer zu Ende ging und die Schlüpfzeit der Drachen nur wenige Wochen bevorstand, fand ich nach einem tagelangen erschöpfenden Ritt endlich das Nest eines Schimmernden Blasslings. Fünf Eier lagen darin. Doch die Mutter war fort. Wie ich später erfuhr, war sie berühmt für ihren wachen Verstand und die seltene Gabe, Streitereien zu schlichten. Und da sie ihre Eier im Nest, das versteckt hinter einer Felsenwand lag, sicher wähnte und nicht damit rechnete, dass eines die nächste Zeit schlüpfte, war sie unterwegs zu zwei hitzköpfigen Drachen, die sich zankten und mit dem Lärm die anderen Tiere in der Umgebung schon seit Tagen stark störten. Da stand ich nun, bereit, mit einem Drachen zu kämpfen, doch dieser war fort. Ich war

müde, und da es sicher einige Tage gedauert hätte, einen anderen Drachen aufzuspüren, beschloss ich zu warten, bis die Drachenmutter heimgekehrt sei. Ich setzte mich neben das Nest und vertrieb mir die Zeit damit, mich mit den Eiern zu unterhalten. Wie du an unserem Ei schon gemerkt hast, wissen die Drachen, noch bevor sie geschlüpft sind, um ihre eigene Stärke und darum, dass wir Helden zwangsläufig verlieren. Ein Ei, das einem gewissen anderen Ei nicht unähnlich war«, und Sir Robert tippte dem Ei neben sich kurz an die Schale, dass es zu wackeln begann und ärgerlich knurrte, während Bo sich ein Lachen verkniff, »prahlte besonders damit, mich zu verhauen, wenn es geschlüpft sei. Ungestüm, dabei aber keineswegs unfreundlich, malte es mir in grellen Bildern aus, was es gedächte, mit mir zu tun, wenn es aus der Schale heraus sei. Und ich spielte mit. Du musst wissen, auch ein frisch geschlüpfter Drache besiegt leicht einen Helden, aber im Ei geht keine Gefahr von ihm aus. Also reizte ich ihn, so wie auch er, großmäulig wie er war, es die ganze Zeit tat. Ich behauptete, ihn mit links zu besiegen, ihm seine drei Schnauzen mit dem eigenen silbernen Schwanz zuzubinden und dergleichen mehr. Komm raus, rief ich ihm zu, wir werden schon sehen, wer von uns beiden gewinnt! Wie hätte ich wissen können, dass dieses unvernünftige Ei eines Drachens dann auch tatsächlich Anstalten machte zu schlüpfen? Gut zwei Wochen zu früh hieb es seine drei Schnauzen, auf denen wie auf den Schnäbeln schlüpfender Vögel Eizähne gewachsen waren, von innen gegen die Schale und brüllte, jetzt komme es raus. Vergebens versuchte ich, das Ei zu beruhigen und zur Geduld anzuhalten. Hätte es bloß auf mich gehört!«

Wieder stockte Sir Robert. Seine eiserne Hand wölbte sich quietschend über den Flügel, und Bo bemerkte rostige Spuren an seinem Metall, das ihr mit einem Mal alt, ganz matt und glanzlos vorkam.

»Und dann? Was war dann?«, piepste das Ei mit rot glühender Schale und vor Aufregung zitternder Stimme. »Jetzt erzähl schon!«

Sir Robert warf einen halb ärgerlichen, halb belustigten Blick zu dem Drachenei und fuhr fort mit seiner Geschichte: »Wie ich schon sagte: Ungeduldig war dieses Ei. Es wollte mit dem Schlüpfen partout nicht mehr warten. Aber seine Eizähne waren noch zu weich, die Schale war hart, sie knackte an mehreren Stellen, doch die Risse waren zu klein, und als der Drache seinen silbernen Körper durch die Spalte mit aller Gewalt hindurchzwängen wollte, blieb er stecken. Ich wollte ihm helfen, sich aus der Schale zu befreien, aber, noch zur Hälfte im Ei, biss er mich fest in die Hand und spuckte sein Feuer auf mich. Begierig, sich mit mir zu schlagen, drückte er sich an den spitzen Kanten der aufgebrochenen Schale vorbei. Und einen Flügel riss er sich ab. Du musst wissen, Bo, Drachen haben vier Flügel, an jeder Schulter ein Paar, und auch mit drei Flügeln kann ein Drache gut fliegen. Aber ein frisch und noch dazu zwei Wochen zu früh geschlüpfter Drache wie er war durch die Verletzung geschwächt. Vom Blutverlust schwankend, stand er jetzt vor mir und hatte wenig Kraft mehr zu kämpfen. Sein Feuer war lau, er versprühte bloß Funken, und seine Pranken trafen mich nicht.

Ich war der einzige Held in der Geschichte, der die Möglichkeit hatte, über einen Drachen zu siegen. Freilich, für einen Drachen war er noch klein, seine drei blassen Häupter überragten mich bloß eine Handbreit, doch immerhin. Er war aus der Schale heraus und wollte, koste es, was es wolle, mit mir kämpfen.

Ich gebe zu, ich habe kurz überlegt, mich tatsächlich auf den Kampf einzulassen. Es wäre ein Leichtes gewesen, ihn zu besiegen. Ein Schlag mit dem Schwert, und ich hätte ihn niedergestreckt. Aber ich weiß nicht warum, mein Herz tat mir auf einmal so weh. Es zuckte und schmerzte, und ich dachte, gleich müsste es brechen. Ich sah diesen wütenden Drachen, wie er vor mir stand, bereit, auch mit der Verletzung zu kämpfen, obwohl er doch merkte, dass es aussichtslos war. Und statt Freude über den baldigen Sieg, meinen ersten und voraussichtlich letzten, empfand ich bloß Trauer, das Tier zu verletzen, und diesen Schmerz, der wie ein Riss durch mich ging. Und so bat ich den Drachen, den Kampf einzustellen. Ich versprach ihm, ihn erneut aufzufordern, wenn er größer und wieder gesund sei. Aber rasend und wild wollte er immer noch nichts davon wissen. Ich dachte daran, einfach zu gehen. Doch ich scheute mich, ihn alleine zu lassen, und hatte die gut begründete Angst, er könne beim Versuch, mich zu verfolgen, schwer stürzen. Und so blieb ich beim Nest, wich seinen immer schwächeren Hieben, mich nach rechts und links duckend, aus, und erst als er ohnmächtig wurde, konnte ich seine Wunde verbinden und das Blut endlich stillen. Noch blasser als er ohnehin war, lag er silbern und ohne Bewusstsein in meinen Armen, und ich verbrachte furchtbare, herzstechende Stunden bloß damit, auf seinen Atem zu lauschen und zu hoffen, dass er nicht verlöschte.«

Sir Robert holte tief Luft und blickte zu Bo, deren Wangen nun schon fast ebenso glühten wie die Schale des Eies.
»Und dann?«, fragte sie heiser, noch bevor das Drachenei hatte losquängeln können. »Was war dann?«
»Erst einmal nichts«, sagte Sir Robert, »nichts außer dem Warten, außer dem Glück, wenn der Brustkorb des Drachens sich tatsächlich auch ein weiteres Mal wieder hebt, und der Angst, dass es vielleicht das letzte Mal war. Nichts außer der flirrenden Hitze eines Spätsommerabends, von dem man plötzlich ganz genau weiß, dass er nie aufhören wird, dass er dauert und dauert: Keine Nacht wird es geben und keinen Morgen, nur diese Schwüle und eine drückende Zeit, die bloß zur Neige und doch nie vorbeigeht, nichts außer dem Zirpen von Zikaden im trockenen Gras und einem Drachen, der schwerer und schwerer wird, und trotzdem hält ihn noch immer dein Arm.
So fand mich die Mutter des Drachens. Und beinahe bezahlte ich mein Warten auf sie mit dem Leben. Nur die energische Fürsprache der anderen Eier und ihr eigener Sinn für Gerechtigkeit und auch für Gnade konnten ihren Zorn in Freundschaft und Dankbarkeit wenden.

Seitdem ist der Flügel bei mir. Ich trug ihn unter der Rüstung direkt auf dem Herzen, das seit damals ein anderes war. Es hat mir seitdem öfters geschmerzt. Es tat weh und blieb wund, ein kleiner Riss war geblieben, doch mit dem Flügel darauf war es gut zu ertragen. Es ist mir niemals gänzlich gebrochen, der Flügel überspannte den Riss, und wenn es anfing zu rasen, zeigte er ihm stattdessen das Fliegen. Ich habe gute Jahre gelebt und noch viele Kämpfe mit den Drachen gehabt, die ich zwar alle verlor, doch das war mir gleich. Als ich starb und mein Herz nicht mehr schlug, blieb dieser Flügel. Er kannte mein Herz nun schon besser als ich, und solange er in der Rüstung versteckt ist, kann ich wie früher noch fühlen. Aber mindestens einmal am Tag muss er fliegen, und frische Luft muss ihn tragen, sonst wird er zu trocken und steif. Und er kommt immer zurück. Also erschreckt nicht zu sehr. Er ist bald wieder da«, schloss Sir Robert die Geschichte von sich und dem Flügel und tätschelte Bo die Wange. Dann hob er seine Hand mit dem Flügel hoch in die Luft und öffnete sie. Raschelnd wie trockenes Laub breitete der Drachenflügel sich aus, zwei Handspannen war er groß, und flog tanzend hinauf in den Himmel.

Im selben Moment sackte die Rüstung in sich

zusammen. Die Brust aufgeklappt und die Armpanzer weit von sich gestreckt, lag sie da und war totes Metall.

## *Ein schier aussichtsloser Kampf*

Schweigend saßen Bo und das Ei neben der leblosen Rüstung. Nur das Schniefen des Eies war zu hören, und auch Bo war ziemlich gerührt, auch wenn ihr neben dem hohlen Metall recht unheimlich war.

Im hellen Schein der Spätsommersonne war der silbrige Flügel fast nicht mehr zu sehen. Nur manchmal blitzte er auf in der Ferne, wenn ein Lichtstrahl ihn traf. Er flog in die Richtung des seltsamen Felsens, doch wie er dort ankam, konnte Bo nicht erkennen. Sie zupfte sich Gras von der Hose und drehte sich um zu dem Ei.

»Ich würde mich gerne hier umsehen, solange der Flügel noch weg ist. Hast du Lust, mit mir zu gehen?«, fragte sie es. Offenbar war auch dem Ei das Sitzen neben der toten Hülle Sir Roberts nicht ganz geheuer, denn es kam sofort mit, obwohl es nun aus eigener Kraft rollen musste, aber es maulte deswegen kein einziges Mal.

Bo folgte dem süßen Geruch von reifem Obst und fand schon nach kurzer Zeit einen Strauch mit Beeren und daneben einen knorrigen Baum voller Äpfel. Sie pflückte sich einen und biss krachend hinein, schlürfte die warmen und schon ein wenig matschigen Beeren, ihr Saft tropfte ihr rot übers Kinn, und während sie sich endlich den Bauch wieder voll schlagen konnte, unterhielt sie sich mit dem Ei. Sein zukünftiger Name, den seine Eltern für ihn ausgesucht hätten, sei Faff, berichtete dieses, aber sie könne es gerne jetzt schon so nennen. Es war das kleinste von sechs, erzählte es ihr, und seine Mutter war offenbar eine drachenbekannte Sängerin und exzentrische Künstlernatur, worauf das Ei maßlos stolz war. Auch vom Vater sprach es ein wenig, doch der, meinte es spitz, sei ein richtiger Langweiler, würde bloß schimpfen und verstünde nicht mal den harmlosesten Scherz.

»Magst du etwa deinen Vater?«, wandte das Ei

sich an Bo, und sie nickte und sagte schmatzend: »O ja, ich hab ihn sehr lieb!«
»Also meiner ist schrecklich«, sagte das Ei. »Andauernd mault er herum, was für freche Eier wir seien, renitent, unvorsichtig und laut.«
Als Bo eben ansetzen wollte, von Lill und Harold zu sprechen, hörte sie plötzlich in der Ferne polternde Stimmen und kehliges Lachen.
»Psst«, raunte sie dem Ei zu und schaute sich um. Das Stückchen Apfel, an dem sie gerade eben noch zufrieden gekaut hatte, blieb ihr beinahe im Hals stecken, aber auch als sie es endlich herausgewürgt hatte, bekam sie vor Schrecken fast keine Luft: Über den Berg, den sie selbst unterirdisch durchschritten hatten, kam niemand anderes als Torwa mit seinen üblen Mannen! Wo auch immer er sie aufgetrieben hatte, sie schienen schon seit langem kein normales Leben mehr zu führen, zerrissen und zerlumpt sahen sie aus, und wie Torwa trug jeder von ihnen einen großen Hammer bei sich. Noch waren sie fern, und es wäre ein Leichtes gewesen, sich selbst und das Ei rechtzeitig zu verstecken. Bo duckte sich schon hinter den Busch mit den Beeren und drückte das Ei tiefer in die dichten Zweige hinein, als plötzlich ihr Blick auf die metallene Hülle von Sir Robert weiter oben fiel, und ihr Herz setzte

beinahe aus. Denn blieben die Männer auf ihrem Weg hinab in das Tal, wurde Bo schmerzhaft und schlagartig klar, kämen sie direkt zu der Rüstung. Hilflos und hohl läge sie vor ihnen auf dem Boden, und sie würden sie sicher zerstören, bis nichts weiter als ein verbeulter, in Stücke gehauener Blechhaufen von ihr übrig bliebe, den auch ein Drachenflügel nur schwerlich belebte. Und wo war überhaupt dieser Flügel? Wo blieb er so lange? Hektisch suchte Bo den Horizont nach einem silbernen Blinken und Aufleuchten ab, und die Augen tränten ihr schon vom Blick in die Sonne, als ihr klar wurde, dass keine Zeit blieb, auf den Flügel zu warten.

»Du bleibst, wo du bist«, zischte sie Faff neben sich zu und rannte los. Sie suchte Deckung im Schatten der Bäume, im Zickzack huschte sie von einem Stamm zu dem nächsten, und die letzten Meter zur Rüstung kroch sie dicht an den Boden gepresst durch das Gras und hörte dabei immer lauter das Lachen und Fluchen der Männer. Im Hochgefühl der bevorstehenden Schandtat rissen sie immer ausgelassener ihre grausigen Witze vom Wilden Land, das bald keines mehr wäre, aber immerhin waren sie so mit sich selbst beschäftigt, dass sie nicht Acht gaben, was nur wenige Meter unter ihnen geschah.

Zuerst wollte Bo noch die Rüstung zur Seite schaffen, versuchen, sie hinter einem Busch zu verstecken, doch Sir Roberts Hülle war sperrig und schwer, und keuchend musste sie einsehen, dass es ihr wohl nicht mehr gelang. Wie benommen hörte sie auf mit dem Zerren und Ziehen, ihr war, als schwankte der Boden, ihr Herz raste wie wild, und in ihrem Kopf rauschte das Blut.
Das darf nicht geschehen, sprach eine Stimme zu ihr, die wohl ihre eigene war, so darf Sir Robert nicht enden, und dabei wusste Bo ganz genau, dass sie nicht stark genug war, um die Rüstung zur Seite zu schaffen. In kürzester Zeit würden die Männer vom Zerbrochenen Ei mit ihren klobigen Hämmern vor ihr und der Rüstung stehen. Bo wurde übel, und sie strengte sich an, nicht zu weinen. Mit zitternden Fingern streichelte sie die eiserne, leblose Hand von Sir Robert und schüttelte sie, dass er aufwachen solle, aber sie quietschte nur leicht und fiel hart auf den Boden. Jetzt waren die Männer schon beinahe bei ihr. Bo wusste, dass ihr nur noch wenig Zeit blieb, zu den Büschen zu rennen und in ihrem grünen Versteck Zeugin zu werden, was Torwas Bande mit Sir Robert anstellen würde. Sekunden verstrichen, ohne dass Bo in der Lage war, sich zu rühren. Ihr war, als galoppierte ihr Herz

weit davon und als bohrten sich feurige Sporen in seine Seiten, dann hob es ab, und Bo, die auch später nie wirklich verstand, was damals geschah, sah sich selber von oben – ohnmächtig auf dem Boden und ihr Gesicht im hohen Gras neben der Rüstung vergraben, und weiter oben am Berg die zerlumpten Gestalten der Männer, sie kamen näher, und gleich wären sie da – und Bos Herz tat plötzlich gar nicht mehr weh, es war leicht, und mit einem Mal war ihr alles so klar.
Mit einem Ruck hob Bo ihre Stirn von der Erde und wischte sich Gras vom Gesicht, dann schlüpfte sie in die Rüstung hinein und klappte von innen den Brustpanzer zu. Sie hörte erleichtert das Einrasten der vielen Verschlüsse und versuchte ächzend, sich mit der Rüstung aufzurichten. Aber das Metall war unglaublich schwer. Zweimal kippte sie hart auf den Rücken zurück, und mit aller Macht bäumte Bo sich ein drittes Mal auf, der Helm fiel ihr beinahe herunter, doch schwankend und vor Anstrengung zitternd saß sie jetzt endlich aufrecht.
Da hörte sie auch schon die Stimme von Torwa: »Da sitzt dieses Monstrum von Blech, zum Teufel, wie kam es heraus aus dem Berg?« – und schon stand er vor ihr.
Auch was jetzt geschah, konnte Bo sich später beim

besten Willen nicht mehr erklären. Fiel ihr noch eben schon allein das Aufsetzen unendlich schwer, sprang sie nun mit einem leichtfüßigen Satz auf die Beine, das heißt auf die blechernen von Sir Robert, denn ihre eigenen Füße baumelten in der Rüstung weit über dem Boden. Auch ihre Arme füllten die Rüstung bei weitem nicht aus. Ihre Fingerspitzen reichten nur knapp zu den metallenen Handgelenken, doch als hätten die eisernen Hände Sir Roberts ihre Gedanken erraten, schlossen sie sich fest um das Holz eines Stockes, den Bo durch die Ritzen der Rüstung im letzten Moment neben sich auf dem Boden entdeckte. Und als habe sie nie etwas anderes getan, parierte sie leicht und geschickt den Schlag von Torwa. Krachend zersplitterte das Holz unter der Wucht von Torwas Hammer, doch sie selbst kam ohne Verletzung davon.

Jetzt sausten auch die Hämmer der anderen Männer auf die Rüstung herab, Bo duckte sich tief, und als habe die Rüstung ihre Arme und Beine nicht nötig, wich sie springend und sich drehend den meisten Schlägen leicht aus. Doch einige trafen sie hart. Das Metall dellte sich dumpf klirrend ein, und die Macht der Erschütterung raubte Bo für Sekunden den Atem. Wenn jetzt nichts geschah – ein Wunder, am besten ein Dutzend von ihnen auf einmal –, würde Sir Roberts Hülle und sie gleich mit ihr vergehen, und mit der verzweifelten Wut eines Mädchens, das das Glück herbeizwingen will, das ihr zweifellos zustand, kämpfte Bo um ihr Leben und um das der Rüstung. Mehr als einen der Männer, die sie umringten, schlug sie mit herumliegenden Steinen und Stöcken nieder. Wie hinter Watte hörte sie das Krachen von Kiefern und das Stöhnen der niedergestreckten Banditen, doch es waren noch immer zu viele, die sich gegen sie stellten.

Mit einem dreistimmigen Kampfschrei, der um einiges bedrohlicher gewirkt hätte, wäre er eine Oktave tiefer gewesen und nicht bloß gepiepst, rollte auf einmal das Ei auf die Gruppe der Kämpfenden zu. Wie eine riesige Bowlingkugel sauste es mitten hinein und holte den Großteil der Männer, aber leider auch Bo von den Füßen. Scheppernd ging sie zu Boden.

»Bist du verrückt, was machst du denn hier?«, schrie sie es an und versuchte hektisch, wieder auf die Beine zu kommen, aber Faff sagte ungerührt: »Ich werde dich retten, siehst du das nicht?«, und schon rollte es auf die Beine des nächsten Angreifers zu, um ihn erneut von den Füßen zu holen.

»Hau ab, sie werden deine Schale zerbrechen!«,

brüllte Bo und versuchte, Faff einen Fußtritt zu geben, dass er wegrollen würde, aber das Ei wich ihr aus und piepste triumphierend zurück: »Das ist doch der Plan! Ich habe versucht, selber zu schlüpfen, aber die Schale ist noch zu hart.«
Und tatsächlich! Bo sah den Riss im Ei und erschrak. »Das ist viel zu früh, du bist noch zu klein, du darfst noch nicht schlüpfen!«, rief sie ihm zu, aber da traf schon der Hammer von Torwa die Schale des Eies.
Es knackt – so laut, als bräche der Stamm eines Baumes. Der vorher so schmale Riss wurde breiter und länger und lief, sich in viele kleine verästelnd, nach oben und unten, und die Schale wurde zum hauchdünnen Netz feinster Risse und Sprünge. Dann war es still. Sogar die Männer vom Orden des Zerbrochenen Eies hielten kurz inne, bis Torwa laut und kehlig zu lachen begann.
»Und noch eines weniger«, grinste er hämisch und spuckte verächtlich auf den Boden vor dem zerbrochenen Ei.
Wutheulend wollte Bo sich auf ihn stürzen, und wahrscheinlich hätte sie Torwa tatsächlich zu Boden geworfen, wenn auch seine Männer sie sicherlich bald überwältigt hätten, aber in diesem Moment schlug eine Stichflamme hoch, und

rauchend und krachend brach die Schale des Eies gänzlich entzwei. Heraus kam der Drache, ein Schimmernder Blassling. Drei silbrige Köpfe, die sich mit neugierig blinzelnden Augen zu Bo drehten, als wollten sie sagen: Ach, so sieht's hier aus?, und dann ohne zu zögern ihre Mäuler weit öffneten und Feuer auf die überrumpelten Angreifer spien. Und auch Bo war, wenn auch aus anderen Gründen als die schmerzbrüllende Bande von Torwa, schier überwältigt: Faff war unglaublich schön. Sogar im rauchenden, funkensprühenden Chaos von schreienden Männern und fackelnden Umhängen glänzte er silbern und kühl, ein Wesen aus einer anderen Welt, dem nichts etwas anhaben konnte, kam Bo in den Sinn, und sie konnte den Blick einfach nicht von ihm lassen.

Noch immer ehrfürchtig erschaudernd entging Bo allerdings keineswegs, wie die silbernen Köpfe sich plötzlich rot und dann grünlich verfärbten. Faff wurde von Husten gepackt und würgte und röchelte laut: »Bah, ist das eklig, dieser Gestank von verkokelten Bärten, widerlich! Warum hat mir das keiner früher gesagt?«, und erst da wurde ihr klar, dass der Drache noch immer das maulende Ei war, das sie doch kannte, und sie scheute sich nicht mehr, zu ihm zu gehen.

»Und was machen wir jetzt mit ihnen?«, fragte sie ihn und zeigte auf die Horde leicht vor sich her kokelnder Männer, die verschreckt und tatsächlich stark stinkend vor ihnen stand.
Faff wiegte nachdenklich seine drei Köpfe und hüstelte leicht, nur gelegentlich spie er noch Feuer, um die Männer am Wegrennen zu hindern. »Mein Plan war nur das Schlüpfen und dass ich dich rette. Und beides hat wie am Schnürchen geklappt. So wie sie riechen, habe ich keine Lust sie zu fressen, und für ein Kleinkind wie mich sind die Schurken ohnehin nicht bekömmlich, ich glaube, sie sind einfach zu zäh.«
Bo musste lachen. Sie gluckste und kicherte laut, sodass die Rüstung zu hüpfen begann, und im Schütteln und Ruckeln sprangen die Verschlüsse des Brustpanzers auf. Bo kroch heraus und setzte sich neben den Drachen. »Am besten wir warten, bis der Flügel zurückkommt. Sir Robert wird wissen, was wir mit ihnen anstellen sollen«, meinte sie immer noch lachend, und der Drache stimmte ihr zu.
»Bevor es langweilig wird – ein wenig Feuer an ihre Füße gespuckt, und sie springen ganz allerliebst, hat meine Mama gesagt. Was hältst du davon, sollen sie tanzen?«, fragte Faff.

Bo neigte den Kopf und blickte zu Torwa. Hasserfüllt, aber stumm starrte dieser zurück.
»Jaaa«, sagte sie langsam und dehnte genüsslich das Wort, »man könnte behaupten, ich *brenne* darauf, Torwa tanzen zu sehen.«
Doch bevor sie die Möglichkeit hatten, auch tatsächlich zu schauen, wie es um das Tanztalent Torwas bestellt war, hörten sie über sich ein mächtiges Rauschen und seltsam ratternde Töne. Ein riesiger, silberner Drache flog auf sie zu und gurrte dabei, halb war es ein Schnurren und zur anderen Hälfte ein Fauchen: »Wo hast du gesteckt? Wie konntest du allein einfach losziehen?! Wir sagten doch, wir holen dich gleich! Aber du warst schon weg!«
Mit aufgerissenen Augen sah Bo zu dem erwachsenen Drachen hinauf, dann wieder zu Faff, und der Mund stand ihr offen. Was sollte das heißen? Hatte Faff nicht behauptet, er sei aus den Klauen seiner fliehenden Mutter gefallen? Und Sir Robert und sie hatten auch noch Mitleid gehabt mit diesem verlogenen Ei! Es geschleppt! Sein Gemaule ertragen!
Bos Gesicht glühte vor Wut, und beinahe spuckte auch sie Feuer, als sie Faff anschrie: »Du bist deiner Mama gar nicht aus den Krallen gefallen? Du bist einfach *selbst* losgerollt?«

Aber der kleinere Drache sah sie nicht an, sondern senkte die Köpfe, und seine silbrige Haut wurde fahl. »Papa, du hier?«, piepste er ängstlich und klang wieder ganz wie das Ei.
Elegant landete der große Drache vor ihnen, musterte Bo und den kleineren Drachen stirnrunzelnd und packte ihn dann hart an der Schulter. »Mein mutiger, törichter Sohn, was hast du dir dabei gedacht, jetzt schon zu schlüpfen! Geht es dir gut?«, fragte er dröhnend und drückte ihn fest an sich.
Bo blieb der Atem fast stehen. An seinen Schultern hatte Faffs Vater drei Flügel. Der vierte flog sirrend direkt auf sie zu.

## *Dragar*

Der Flügel umkreiste Bo flatternd, strich ihr zärtlich übers Gesicht und schmiegte sich kurz an ihre Wange, dann flog er weiter zur Rüstung und schlüpfte hinein. Und schon sprang die Rüstung auf ihre blechernen Beine, und Sir Robert war wieder da. Ganz der Alte. Das heißt – beinahe ganz: Kein einziges Stück seines Panzers war ohne Dellen, es gab Risse und hässliche Löcher, an jeder Hand fehlten einige Finger, und das Visier ließ sich nur noch zur Hälfte aufklappen. Doch als wäre das nichts, wischte Sir Robert Bos heftig bekundetes

Beileid zur Seite und erklärte, er fühle sich wohl wie noch nie. Dann ließ er sich alles berichten, und während er dasaß und lauschte, nickte er dem großen Drachen immer wieder viel sagend zu.

»Ganz der Vater, Dragar«, sagte er schließlich und sah hinüber zu Faff, der vergeblich versuchte, sich aus der Umarmung des Vaters zu winden. Er zappelte hin und her, und erst als er schrie, er würde ersticken, ließ der ihn los, aber Bo entging dabei nicht, dass sowohl Vater als auch Sohn unter den silbernen Schuppen vor Rührung rot glühten.

»Ich gebe zu, die Ähnlichkeit im Temperament ist erstaunlich«, sagte Dragar, »aber mein Sohn hat den Zeitpunkt des Schlüpfens trotzdem besser gewählt als ich damals. Und dass in der Not gerade die Schurken ihm halfen, ohne Verletzung aus der Schale zu kommen, ist eine Wendung, die nicht des Witzes entbehrt. – Doch was schlagt Ihr vor, Sir Robert, Ihr seid mein Mentor, auf Eure Meinung lege ich großen Wert: Was passiert mit den Männern? Soll ich sie fressen? Gleich hier und sofort? Wobei – ich habe soeben zu Mittag gegessen und fürchte den üblen Nachgeschmack dieser Schurken, solange sie nicht ordentlich gekocht und gewürzt worden sind. Doch wenn Ihr wünscht, dass sie sofort verschwinden, wüsste ich schon, wer sie auch so runterschlingt: Der Gaumen unserer grimmigen Nachbarn ist bekanntermaßen kein sonderlich feiner – zu einer Hand voll roher Banditen sagen die Riesen sicher nicht Nein.«

Bo hatte wenig Sympathien für Torwa und seinen schrecklichen Orden, und trotzdem überlief sie ein eisiger Schauer, als sie hörte, man wolle sie fressen, und mit Unbehagen und leise aufsteigender Furcht dachte sie an die Geschichten, die man sich bei ihr zu Hause von den Riesen erzählte. Auch Sir Robert wollte nichts von Dragars Vorschlag wissen, wenn auch aus anderen Gründen als Bo.

»Obwohl ich weiß, dass die Riesen nicht die freundlichsten Zeitgenossen sind«, meinte er trocken, »liegt mir ihr Wohl dennoch stärker am Herzen als dir, Dragar. Ungewaschen und roh willst du den Riesen die Männer zum Fraß vorwerfen? Diese Schurken sind randvoll mit Bosheit und Tücke, auch gekocht wohl nur schwerlich genießbar, und die Riesen bekämen nur gräuliches Bauchgrimmen von ihnen. So ein Geschenk unter Nachbarn würden sie euch ganz sicher nicht danken. Aber du hast es selbst gesagt: Torwa wollte die Eier zerstören und hat Faff stattdessen beim Schlüpfen geholfen. Bald steht auch die Schlüpfzeit der anderen an, und für einige Drachen ist es mühsam, aus der Schale zu kommen. Was denkst du, vielleicht könnten die Männer – unter Aufsicht, versteht sich – mit ihren Hämmern auch den anderen helfen?«

Dragar neigte die Köpfe und wiegte sie brummend. »Hmm«, meinte er langsam, »Torwa und seine Banditen als Drachenei-Hebammen? Ob das den Müttern auch zusagt? Ich bezweifle, dass sie der Anblick der Schurken bei ihren Eiern erfreut. Doch Ihr habt Recht, ein gezielter Schlag mit dem Hammer würde in einigen Fällen das Schlüpfen sicher erleichtern. Und wenn die Schlüpfzeit vorbei ist, könnten sie helfen, neue Nester in den Felsen zu hauen. Oder wir fressen sie doch. Natürlich nur anständig gekocht, aber das versteht sich von selbst. Ich werde die anderen fragen, was sie davon halten.«

Dann packte er wieder seinen Sohn an der Schulter und sah ihm tief in alle sechs Augen: »Bis eine Entscheidung gefällt ist, was mit ihnen geschieht, musst du hier bleiben, Faff, und die Männer bewachen. Morgen früh komm ich zurück und löse dich ab. Wirst du das schaffen?«

Faff richtete sich grinsend auf und verkündete lässig, als habe er nie etwas anderes gemacht: »Aber sicher! Was glaubst denn du?«, und sein Vater nickte ihm zu, rief zu Sir Robert, dass er aufsteigen solle, und schickte sich an, wieder zum Felsen zu fliegen.

Aber Bo hielt die Rüstung am Arm fest und fragte ihn mit bittendem Augenaufschlag: »Darf ich mit? Ich würde so gerne auch die anderen sehen!«

Sir Robert nahm ihre Hand und wandte sich zum Drachen.

»Gut«, sagte dieser nach einem Zögern, »ich sehe ein, du hast es verdient. Doch denk dran, wir Drachen freuen uns nicht, euch Menschen zu sehen. Was früher ein Spiel war, ist Feindschaft geworden. Aber steig auf. Ich werde mich für dich verbürgen.« Und ehe Bo sich's versah, hatte der Drache sie und Sir Robert auch schon gepackt und auf seinen schimmernden Rücken gesetzt.

»Halt dich fest!«, schrie Sir Robert ihr zu, Bo schlang die Arme um einen der Hälse des Drachens, und schon ging es hoch in die Luft.

»Keinen Unsinn, mein Sohn! Hast du verstanden?«, brüllte Dragar von oben herab, und sein Sohn hob scheinheilig die Pranken hinauf, als könne er kein Wässerchen trüben – »Aber Papa, was denkst du von mir?« –, doch sein Vater lachte nur laut, sodass Bo fast das Trommelfell riss, und stieg höher und höher hinauf.

***

Der Wind brauste um sie, Bo tauchte ein in die prickelnden Wogen aus Luft und goldenen Spätsommerstrahlen, sie stießen durch Wolken, flogen durch Strudel aus wirbelndem Wind, bis sie endlich zu einer ruhigeren Luftströmung kamen, und wie auf angenehm warmen Wellen von gleißendem Licht ließ der Drache mit seinen zwei Reitern sich treiben.

Bo streckte den Kopf am Hals des Drachens vorbei und sah hinab auf das Land. Selbst von hoch oben hatte man nicht den Eindruck von Kleinheit, es war groß und blieb es, egal, von wo man es ansah. In einem weiten Feld goldgelben Getreides, das so hoch wuchs wie in Katanien der Wald, sah Bo eine Gruppe von Riesen, die die klobigen Köpfe hoben und mit misstrauischen Blicken den Drachen beäugten. Sie wirkten plump und wenig geschickt, und die wuchtigen Sensen, mit denen sie die Ähren abschnitten, schwangen sie ruckhaft und mit seltsamer Wut, die Bo nicht verstand. Auch ein paar Kinder waren dabei. Zuerst winkten sie sogar dem Drachen hinter den Rücken der Eltern heimlich zu. Zumindest sie schienen den Drachen nicht unfreundlich gesinnt zu sein, aber dann sah Bo, dass sie die Augen aufrissen und die Münder verzogen, als würden sie schreien. Mit ihren riesigen Fingern

zeigten sie hoch wie auf etwas schrecklich Monströses, das sie dennoch begehrten. Bo hatte das dumpfe Gefühl, sie sei gemeint, und in ihrem Kopf spukten die Schauergeschichten von wehrlosen Menschenkindern in Riesenhänden herum.
Die Rieseneltern hoben beim Geschrei ihrer Kinder die Hand an die Stirn, um besser zu sehen, aber schnell versteckte Bo sich wieder hinter dem Hals des silbernen Drachens und machte sich kleiner, als sie ohnehin war. Der Gedanke, als Spielzeug der Riesenkinder zu enden, machte ihr unendlich Angst, und je näher sie auf den Felsen zuflogen, desto flauer wurde ihr zumute. Denn wer sagte, dass die Drachen ihren Nachbarn diesen Gefallen nicht taten und den kleinen Menschen, den sie ohnehin hassten, weil er zur gleichen Gattung wie Torwa gehörte, den Riesenkindern nicht zum Spiel überließen?
Den restlichen Flug verbrachte Bo eng an die schimmernden Schuppen Dragars gepresst und getraute sich kein weiteres Mal, in die Tiefe zu schauen.

## *Gebraten, gesotten, gekocht*

Dann waren sie da und hatten den Brutfelsen der Drachen endlich erreicht. Im bunten Flattern und Lärmen der riesigen Drachen verging Bo fast das Hören und Sehen. Überall glitzerten schuppige Leiber. Es schimmerte silbern und rot, leuchtete grün, gleißte blau. Die Drachen kamen und gingen, die Luft war erfüllt von sirrenden Flügeln und sich windenden Körpern. Und sie waren so schön, dass es einem den Atem fast raubte. Dazu schlug ihnen eine sengende Hitze entgegen. Bo sah keinen einzigen Drachen, der Feuer spie, und dennoch war es so heiß wie in einem glühenden Ofen, dass ihr ganz schwindlig war, und fast wünschte sie sich zurück in den vorzeitigen Winter, in die klirrende Kälte zu Hause. Ein bisschen Frieren, eine kühle Decke aus Schnee, wie schön wäre das, dachte sie schwitzend und hörte ein Knacken. In einem der vielen Nester begann ein vertrockneter Busch leicht zu qualmen. Bo sah das Flirren der Hitze über den Eiern, das trockene Holz loderte auf, aber schon flog ein Drache heran und erstickte die züngelnden Flammen unter der riesigen Pranke. »Ich weiß, ihr könnt es kaum noch erwarten zu schlüpfen«, gurrte er zu den Eiern hinab, »aber die Riesen haben sich schon beschwert, dass ihre Ernte verdorrt, wenn ihr weiter so glüht, also bitte, haltet euch ruhig und versucht, an was Kühles zu denken.«

Mit hochgezogenen Brauen wandte Bo sich Sir Robert zu, der eben dabei war, vom Rücken des Drachens zu klettern. »Sind etwa die Eier schuld an der Hitze?«, fragte sie ihn, und er nickte. »Wer sonst?«, antwortete er. »Drachen gehören zu den selbstbrütenden Tieren, ihre Eier erzeugen selbst die Hitze, die sie zum Wachsen benötigen. Du hast es doch auch schon bemerkt, wie warm unser Drachenei war, und das war nur eines. Aber hier liegen über tausend von ihnen herum. Ich kann mir schon denken, dass die Riesen nervös werden, bei so vielen Nestern auf einmal.«

Sir Robert war scheppernd auf den Boden gelangt und streckte Bo seine Arme entgegen, um ihr zu zeigen, dass sie nachkommen solle. Wie auf einer riesigen Rutschbahn sauste Bo den Rücken des Drachens hinab und prallte hart gegen Sir Robert, der beinahe umfiel. »Das nächste Mal etwas weniger Schwung, bitte schön«, brummte er gutmütig und schickte sich an, Dragar zu folgen, der mit mächtig ausholenden Schritten vorausging.

Bo hätte gerne noch mehr von den merkwürdigen Eigenarten der Eier gehört. Sie fand die Vorstellung selbstbrütender Eier höchst interessant, und außerdem war daran etwas, das sie seltsam berührte, ohne zu wissen, was es denn war – ganz so, als schlüge etwas Alarm, ein kleiner Hammer trommelte heftig auf eine Glocke, die nur sie selbst hören konnte. Aber sosehr Bo auch lauschte, sie konnte nicht sagen, woher dieses Warngeräusch kam. Vage beunruhigt griff sie nach dem Arm von Sir Robert, um ihn weiter zu fragen, aber er legte ihr nur einen seiner wenigen Finger an die Lippen, machte »Psst!« und zeigte zu Dragar.

»Kommt bitte her«, rief der mit dröhnender Stimme den anderen zu, »wir müssen reden! Der Orden vom Zerbrochenen Ei ist in unserer Gewalt.«

Aus nächster Nähe sah Bo jetzt die anderen Drachen. In großen Sprüngen hüpften auf ihren kräftigen Hinterbeinen die Ringelschwänzigen Stachelhopser mit ihren beängstigend spitzen Zacken am gebogenen Schweif auf sie zu, dahinter die Farbwechselnden Kragendrachen – die modischen Chamäleons unter den Drachen hatte Bos Vater sie immer genannt –, aber anders als die harmlosen, kleinen Reptilien verschmolzen sie nicht mit der Farbe ihrer Umgebung, sondern wählten die Komplementärfarbe dazu. Jetzt leuchteten ihre rosettenartigen Kragen violett vor der gelblichen Gruppe der Blasbalgrigen Natternzüngler. Zischend und tuschelnd steckten die ihre spindelförmigen Köpfe zusammen, aus deren kiemenartigen Seiten ohne Unterlass kleine Rauchwolken stiegen. Und dann schritt die Gruppe der mächtigen Fünfköpfigen Rothäupter gemessen heran. Auch von ihren kleineren, silbernen Verwandten, den Schimmernden Blasslingen, kamen noch mehr. Und sie alle blickten nicht eben freundlich zu Bo, auch wenn sie die Rüstung mit höflichem Nicken bedachten.

Der dreiflüglige Drache begrüßte sie alle und erstattete ihnen Bericht, und je länger er sprach und von Sir Roberts und Bos Kampf mit Torwa erzählte, desto heller und freundlicher wurden die Mienen der Drachen, wenn sie zu Bo rübersahen. Ein Rothaupt zwinkerte ihr sogar zu. Aber wie der Schimmernde Blassling schon vorausgesehen hatte, wollten vor allem die weiblichen Drachen nichts davon wissen, die Banditen des Ordens vom Zerbrochenen Ei allzu nah an ihre Nester zu lassen, und Bo verstand sie sehr gut. Doch ihre Hämmer nähmen sie gern, meinte eine junge Natternzünglerin, die resolut kleine Ausrufezeichen aus Rauch auspustete. Jede Gruppe der Drachen, kamen sie dann überein, sollte zwei Hämmer erhalten, um im Notfall, wenn ein schlüpfender Drache zu lange dafür brauchte, aus der Schale zu kommen, gerüstet zu sein.

Und die Männer? Was geschehe mit ihnen?, fragte man jetzt, und die Meinungen der Feinschmeckerdrachen gingen stark auseinander. Fast jeder von ihnen hatte ein anderes Kochrezept bei der Hand, von dem er behauptete, das Fleisch der Schurken schön zart und schmackhaft zu machen. Die einen schworen aufs schonende Dünsten, die zweiten bloß aufs Frittieren, die dritten schwärmten von Suppen, die tagelang über Pinienholz kochten, und die vierten meinten, allein in geräuchertem Zustand seien die Männer genießbar. Nur die jüngeren Drachen, beinahe Kinder, schüttelten sich und protestierten, dass sie so was nicht äßen, egal, wie raffiniert auch immer gekocht. Und überhaupt, es sei nicht mal gesund.

Anfangs folgte Bo noch aufmerksam, wenn auch überaus angeekelt, den Kochdiskussionen der Drachen. Doch irgendwann erlahmte ihr Interesse an gesottenen oder gepökelten Banditengerichten, und ohne dass einer Notiz davon nahm, schlich sie sich aus dem Kreis der heftig diskutierenden Drachen. Auch Sir Robert hatte sich unbemerkt zurückgezogen. Er lehnte müde an einem halbhohen Nest an der Felswand und unterhielt sich flüsternd mit den Eiern darin, als Bo zu ihm kam. Bo stellte sich vor, beantwortete den piepsenden Eiern geduldig jedwede Frage (*Tragen alle Menschen einen Hammer bei sich? Zerstören sie auch ihre eigenen Eier? Und tanzen sie wirklich so gern?*) und fühlte sich zunehmend unwohl dabei, den Eiern etwas erklären zu müssen, das sie selbst nicht verstand. Sie schämte sich plötzlich, ein Mensch zu sein wie Torwa und die Männer vom Zerbrochenen Ei. Und wäre es ihr nicht zu billig erschienen, hätte sie gerne von ihren Eltern erzählt, von ihren Freunden im Dorf, den Bäckern, Handwerkern, Lehrern, die doch ganz anders waren als Torwa. Das waren sie doch! Oder nicht? Und hilfesuchend blickte Bo zu Sir Robert hinüber.

»Es ist spät«, sagte er zu den Eiern gewandt, »höchste Zeit, dass ihr schlaft!«. Gelassen überhörte er den lautstarken Protest aus dem Nest und legte Bo seinen verbeulten Arm um die Schulter. »Bald wird es dunkel. Komm, ich möchte dir noch mehr vom Brutfelsen zeigen.«

* * *

So einen schönen und zur gleichen Zeit seltsamen Felsen hatte Bo ihren Lebtag nicht gesehen. Die marmorweißen halbrunden Nester zogen sich in einer Spirale bis zur Spitze hinauf, und Bo hatte das Gefühl, die Schnörkel eines Schneckenhauses immer höher zu erklimmen. Ihr war schon ganz schwindlig im Kopf, als sie endlich nach oben gelangten. Unter ihnen lagen die vielen schimmernden Nester, die Eier darin je nach Drachenart mattgelb, weiß oder blau. Die Sonne ging unter, der Felsen glühte rot auf und verlosch in der Nacht.

An die Rüstung geschmiegt lag Bo auf der Spitze des Felsens. Tief unten debattierten die erwachsenen Drachen noch immer. Die ganze Nacht über hörte Bo ihre Stimmen, ein tiefes Gemurmel bis in ihre Träume hinein, in denen sie dalag, zusammengekugelt und mit gefalteten Flügeln am Rücken. In einer warmen Blase aus Licht schwamm sie und träumte, wovon jedes Drachenkind in seiner Eierschale nachts träumt:

Davon, aus der Schale zu schlüpfen. Das erste Mal seine eigenen Flügel zu spüren und den Wind, der sie trägt.

***

Als sie erwachte, stand die Sonne schon hoch, und Sir Robert war nicht mehr bei ihr. Weit unter sich meinte sie seine Rüstung aufblitzen zu sehen, aber vielleicht blinkten auch bloß die Schuppen der Drachen im Licht. Wie am Abend zuvor standen sie noch immer dicht beieinander und sprachen erregt.

Was für seltsame Wesen, dachte Bo und rieb sich verschlafen die Augen, sich wegen Kochrezepten derart in die Haare zu kriegen! Sie streckte sich gähnend und machte sich auf, Sir Robert zu suchen. Auf dem Weg den Felsen hinab kam sie wieder an den vielen Nestern vorbei. Wie ein Lauffeuer hatte sich unter den Eiern die Nachricht ihrer Ankunft verbreitet, und ihr Abstieg wurde von tausend ge-

piepsten Fragen begleitet – zu Bos Entsetzen waren es immer die gleichen.
Verschwitzt und von den bohrenden Fragen verfolgt, kam sie endlich wieder am Versammlungsplatz an. Dem Streit der Drachen, der sich noch immer um den Banditenfraß drehte, hörte sie jetzt beinahe gern zu. Sie stellte sich neben Dragar, lauschte dem Lob von aus Marmor gewonnenem Essig, der Hymne auf Kräutersudmarinaden, als sie auf einmal spürte, dass der Boden unter ihren Füßen aufpochte. Erst leicht, doch dann stärker und in einem beunruhigenden Rhythmus vibrierte der Felsen.
Bo sah sich um. Außer ihr schien niemand zu bemerken, dass der Boden immer heftiger schwankte. Bo zupfte vergeblich an den silbernen Schuppen Dragars. Wie die anderen nahm er weder von ihr noch von den Erschütterungen auch nur irgendeine Notiz, sondern trug stattdessen mit Inbrunst ein altes Hausrezept seiner Großmutter vor. Bo wurde noch flauer zumute, denn verzückt sprach Dragar von Leber, Zunge und Niere. Erst als sich ein riesiger Steinbrocken löste und mit einem lauten *Klong* Dragar auf den Kopf fiel, stutzte er endlich und blickte verwirrt erst hinauf und dann hinunter zu Bo, die sich gerade noch rechtzeitig in der Kuhle

unter seinem Bauch in Sicherheit gebracht hatte. Auch die anderen Drachen hielten jetzt inne.
Mit zitternden Knien kam Bo unter dem silbrigen Drachenleib hervor. »Eure Rezepte tauscht ihr besser ein anderes Mal«, krächzte sie heiser und zeigte mit ausgestrecktem Gänsehautarm auf den Pfad, der sich vom Tal zum Felsen hochwand, »denn ihr bekommt gerade Besuch.«
Im selben Moment schob sich eine mächtige Gestalt vor die Sonne, und ein riesiger Schatten legte sich über Bo und die Gruppe der nun endlich schweigenden Drachen.

## *Ein paar Worte an die, die sich auskennen mit solchen Geschichten*

Wer das war, der da polternd heraufkam, ist euch natürlich längst klar:
Ein Riese.
(Wer sonst, werdet ihr sagen. Weil ihr euch auskennt mit solchen Geschichten:
Erst Drache, dann Riese.
Mit so was war durchaus zu rechnen.)
Was ihr aber noch nicht wisst, ist, dass der Riese nicht allein auf dem Brutfelsen ankam.
An seiner Hand hielt er ein Wesen, das in Bos

Augen noch schrecklicher war als er selbst. Und mit seinem zottigen, rotleuchtenden Haarschopf, der pockennarbigen Nase und dem groben, nach vorne geschobenen Kinn war er schon schrecklich genug.
An seiner Hand war nämlich ein Kind.
Ein Riesenmädchen.
Eins mit leuchtenden Augen.
Eins, das ganz genau weiß, was es will.
Und was das war, wusste auch Bo ganz genau, sobald sie seinen gierigen Blick auf sich spürte und fortlaufen wollte.
Aber da war es dafür auch schon zu spät.

# *Sagt später nicht, ich hätte euch nicht gewarnt!*

»Papa, da ist es! Genau das hab ich gestern gesehen!«, schrie das schreckliche Riesenmädchen, und schon griff es hinüber zu Bo. Eine riesige Hand schloss sich um sie, Bo wurde gepackt, hochgerissen, und ehe sie sich's versah, tätschelten tollpatschige Finger ihr Haar und zerrten an ihren Kleidern herum. Dann kam ein riesiger Mund auf sie zu. »Bist du süß!«, rief der Mund, und Bo wollte schreien, sich wehren, doch ein Kuss drückte sich fest auf ihr Gesicht und erstickte laut schmatzend jedweden Protest. In Spucke getränkt hing Bo schlaff in den Fingern des Mädchens. Der riesige Mund kam erneut auf sie zu, Bo war auf das Schlimmste gefasst und holte tief Luft, um in einem weiteren nassen Kuss nicht zu ertrinken, doch der blieb aus.

»Das will ich haben!«, schrie der Mund und verzog sich zu einer schmollenden Schnute. »Bitte, bitte, Papa, darf ich es haben? Schenkst du es mir?«, und der Mund lächelte jetzt zuckersüß.

»Lass sie runter!«, schrie da von weitem die Stimme Sir Roberts. Die Rüstung drängte sich mühsam an den verdutzt da stehenden Drachen vorbei und stellte sich scheppernd dem Riesenkind in den Weg. Aber das hätte er besser gelassen. Denn nun griff die Hand des erwachsenen Riesen nach ihm.

»Schau an, da ist noch so ein Ding, das könnten wir deinem Bruder mitbringen. So gibt es wenigstens keinen Streit. Und hör mal, seins rasselt auch noch!«, und er hob seine Hand mit Sir Robert darin dem Kind an das Ohr und schüttelte fest seine Faust.

»Dann will ich seins, meins kann nicht rasseln, das ist gemein!«, greinte das Mädchen, nachdem es vergeblich Bo auf und ab geschüttelt hatte, dass ihr Hören und Sehen verging.

»Hört sofort auf!«, rief da endlich Dragar, »die Rüstung und das Menschenkind gehören zu uns. Lasst sie los, auf der Stelle!«

Aber der Riese drückte stattdessen nun auch Sir Robert seiner Tochter in die rosige Patschhand, hob seine Brauen, die so dick waren wie Balken, und wurde rot im Gesicht. »Wegen euch verdorrt unsere Ernte! Von eurem Berg fliegen fast täglich Funken ins Dorf, und mein eigenes Dach hat schon zweimal gebrannt! Und jetzt wollt ihr meinen Kindern das Spielzeug nicht schenken? Überlegt euch, wie viel eine Nachbarschaft ohne Zwist euch eigentlich wert ist!«

Und ohne dass sich ihm jemand in den Weg gestellt hätte, nahm der Riesenvater sein Kind an die Hand und ging mit ihm dorthin zurück, wo er herkam. Und Bo und Sir Robert, die nahmen sie mit.

* * *

Eine lustige Zeit folgte nun. Wenn auch nicht für Bo und Sir Robert. Aber die Riesenkinder, das Mädchen und sein kleinerer Bruder, die amüsierten sich köstlich. Mit dem neuen Spielzeug saßen sie in ihrem Kinderzimmer und hatten den größten denkbaren Spaß. Denn sooft sie die Rüstung auf und ab schüttelten, rasselte sie. Setzte man sie dann auf den Boden, torkelte sie, ruderte hilflos mit ihren blechernen Armen und fiel schließlich um. Und das schepperte und rasselte wieder so schön! Die kleine Menschin konnte zwar leider nicht rasseln, aber dafür kitzelte sie ganz allerliebst, wenn man sie in die Hand nahm. Dass das Bos Zähne waren, die sie verzweifelt in die dicke Haut der Riesenfinger schlug, störte die Riesenkinder kein bisschen. Sie fanden das einfach nur komisch. Außerdem konnte man Bo, anders als der blechernen Puppe, auch Kleider anziehen und die Haare frisieren. Und wie das Riesenmädchen beim täglichen Haaremachen sonst selbst immer schrie, brüllte auch Bo, wenn ein Knoten sich in den Kammzinken verfing.

»Immer dieses Gezeter!«, schimpfte das Riesenkind mit seiner menschlichen Puppe und fühlte sich dabei groß und wie eine echte Mama. »Wenn du nicht aufhörst zu schreien, schneid ich dir noch die Haare ratzeputz ab!«, drohte es lächelnd.

Und obwohl Bo die Zähne zusammenbiss und mit tränenden Augen ertrug, dass ihr das tollpatschige Riesenmädchen ganze Haarbüschel ausriss, griff diese dann doch noch zur Schere und verpasste Bo eine Kurzhaarfrisur. Immer wieder klapperten die Klingen der Schere um ihren Kopf, und am Ende war es ein Wunder, dass sie nur

Haare und kein einziges Ohr einbüßen musste. Zu guter Letzt wurde der armen, zerrupften Bo auch noch ein goldener Fingerring übergezogen. Ein feiner Gürtel sollte das sein. Aber erst passte er Bo kaum über die Schultern und dann spannte er fest über dem Bauch und ging nicht mehr ab, sosehr auch das Riesenmädchen daran zerrte und zog. Bo dachte schon, dass es bald aus sei mit ihr, so heftig rissen die Hände an ihr, da rief zum Glück die Riesenmama die Familie zu Tisch. Unsanft stopften die Kinder Bo und Sir Robert in einen hölzernen Käfig, den der Riesenvater extra fürs Spielzeug gebaut hatte, und verließen »Hunger!« brüllend das Zimmer.
Da saßen sie nun, Bo und Sir Robert. Geschüttelt, geschoren, zerschunden. Am Anfang schwiegen die beiden und holten bloß Luft. Aber dann wandte Bo sich zu der Rüstung: »Schöne Freunde sind deine Drachen«, zischte sie zu Sir Robert, »als es brenzlig wurde, haben sie uns verraten! Sie haben uns fallen gelassen wie heiße Kartoffeln!«

***

Doch stimmte das wirklich? Hatten die Drachen Bo und die Rüstung vom Mitleidigen Blech tatsächlich verraten und fallen gelassen? Jedenfalls hatten sie sich den Riesen nicht in den Weg gestellt, als diese mit ihrer Beute den Brutfelsen verließen. Der Riese hatte mit Händel gedroht, wegen der Bruthitze der Eier war ihre Beziehung ohnehin keine sonderlich gute, und nichts gab es, das die Drachen mehr scheuten als Zwist. Zumal ein richtiger Streit mit den Riesen bekanntermaßen nur eins heißen konnte: nämlich Krieg. Und die Riesen waren berüchtigt für ihre blutigen Fehden.

Darum machten die Drachen erst einmal das, was sie in schwierigen Situationen auch sonst immer taten: Sie diskutierten. Ausgiebig. Lange. Versuchten herauszufinden, was am vernünftigsten war. Und am vernünftigsten, das wurde allmählich klar, war wohl tatsächlich, den Riesen ihre Beute zu lassen. Schließlich gab es da die vielen wehrlosen Eier, für die sie Verantwortung trugen. Undenkbar, was eine Riesenhorde unter ihnen anrichten könnte!

Vor allem Kach, der Anführerdrachen, ein alter Fünfköpfiger Rothaupt, dessen Schuppen schon an vielen Stellen grau glänzten, schätzte eine offene Auseinandersetzung mit den Riesen als viel zu riskant ein, und die meisten Drachen folgten ihm darin. Nur Dragar ließ nicht locker: »Das soll der Dank sein, dass Sir Robert und das Mädchen uns Torwa und den Orden vom Zerbrochenen Ei vom Hals schaffen wollten? Meinen eigenen Sohn haben sie mehr als einmal gerettet! *Er* ist es, der die Banditen in Schach hält, und was soll er denken, wenn er heimkehrt und erfährt, dass wir seine Freunde einfach den Riesen zum Spiel überließen?! Einen Dreck sind wir wert, wenn wir die zwei nicht befreien!«

Betretenes Schweigen herrschte unter den Drachen. Dann fassten sich vor allem die jüngeren unter ihnen ein Herz und gaben Dragar, erst zaghaft, doch dann immer heftiger, Recht. Auch einige ältere stimmten ihm zu. Und allmählich und gegen besseres Wissen erklärten sich immer mehr Drachen bereit, Bo und Sir Robert zur Hilfe zu kommen. Schließlich nickte sogar der mächtige Kach. »Gut«, brummte er langsam, »wenn ihr es wollt, soll es so sein. Aber sagt später nicht, ich hätte euch nicht gewarnt!«

* * *

An diesem Tag verfinsterte sich über dem Wilden Land plötzlich der Himmel. Es war, als würde es Nacht. Alle nur halbwegs flugtüchtigen Drachen, die großen, die kleinen, die jungen, die alten, hatten sich in die Lüfte erhoben: ein flügelsirrender Schwarm mächtiger Körper, der die Luft in wirbelnden Aufruhr versetzte, dass die Bäume laut rauschten und das Wasser im Flussbett aufwogte. Immer näher flogen die Drachen zur Ortschaft der Riesen, und ihr Schatten eilte ihnen voraus. Die ersten Riesen sahen mit schreckgeweiteten Augen am Horizont die nahende Wolke, den anrückenden Schwarm der Legionen von Drachen. Riesenkinder drückten sich verängstigt an die Beine der Mütter. Babys weinten laut auf. Noch im Schwung wurden baumhohe Dreschflegel fallen gelassen, und Hunderte Riesen eilten von den Feldern ins Dorf, um ihre Familien zu schützen. Denn den Drachen hatten sie schon lange misstraut.

In ihrem Käfig saßen Bo und Sir Robert. Sie stritten, wessen Schuld ihre Gefangenschaft sei. Ein Wort gab das andere, und schließlich saßen sie da und schwiegen sich schlecht gelaunt an. Und keiner von ihnen ahnte auch nur, dass draußen wegen ihnen gerade ein Krieg zwischen Drachen und Riesen begann.

## *Die Schlacht*

Noch bevor die Drachen zur Ortsgrenze gelangten, trafen sie schon die ersten Geschütze der Riesen. Mit Steinschleudern und Armbrüsten bewaffnet, standen diese in einem weiten Verteidigungsring um ihr Dorf und zögerten nicht, ihre Waffen auch zu benutzen.
Die ersten Schuppen splitterten auf unter den Spitzen der Pfeile. Die ersten Drachen kamen beim Aufprall der Geschosse ins Trudeln. Nur schwer konnte Kach seinen Drachenschwarm davon abbringen, Feuer zu speien, und sie stattdessen dazu

bewegen, Abstand zu halten, während er und Dragar sich noch näher ans Dorf heranwagten.

»Was wollt ihr?«, schrie Wilbur, der Häuptling der Riesen, ihnen von unten entgegen.

»Keinen Krieg«, antwortete Kach, und er und Dragar landeten trotz der bedrohlich auf sie zielenden Pfeile vor Wilbur. Mit einem Wink bedeutete dieser seinen Riesen, nicht auf die Drachen zu schießen.

»Nach einem normalen Besuch unter Nachbarn sieht euer Kommen nicht aus. Über uns hängt eure ganze Drachenkolonie wie ein Heuschreckenschwarm in der Luft. Genügt es euch nicht, dass wegen euch unsere Ernte verdorrt? Wollt ihr uns völlig zerstören?«

»Wir wollen nur das Menschenkind und die Rüstung zurück. Sie sind zu Unrecht in eurem Besitz. Händigt die beiden uns wieder aus, und ich verspreche euch, wir ziehen ab, ohne euch Riesen ein Leid anzutun!«, beschwor ihn Dragar.

»*Leid antun – IHR?* So droht ihr mir doch?«, brüllte Wilbur erzürnt, »nichts als missratene Vögel seid ihr, ein lästiger Krähenschwarm, den wir vom Himmel holen, wenn er es wagt, uns weiter zu stören! Und was soll das Geschwätz von einem Menschenkind und einer Rüstung? Braucht ihr selbst für den Krieg eine billige Ausrede? In Scha-

ren seid ihr ins Wilde Land eingefallen! Dass ihr verfolgt seid, sagtet ihr uns! Seitdem brennt unsere Ernte! Warum sagt ihr nicht gleich, dass es nur darum geht, mit euren gierigen Krallen die Herrschaft im Wilden Land an euch zu reißen!«
Wilbur war schon dabei, den Befehl zum Angriff zu geben, als ihm ein rotschopfiger Riese, dessen pockennarbiges Gesicht jetzt genauso rot glühte, etwas ins Ohr zu flüstern begann, und auch Wilbur wechselte nun seine Farbe: Wie ein in der Sonne gebleichtes Laken wurde er blass. Dem rothaarigen Riesen raunte er barsch etwas zu, dieser entfernte sich eilig, und mit schwieliger Hand wischte Wilbur sich Schweißtropfen von seiner Stirn. Dann räusperte er sich und wandte sich wieder an Kach und Dragar: »Wie ich soeben erfuhr, scheint es tatsächlich das Menschenkind und auch die Rüstung zu geben. Bedauerlich, dass man sie zu Unrecht euch nahm. Aber seit wann spielen auch Drachenkinder mit diesen Puppen? Das wusste ich nicht!«
»Das machen sie gar nicht«, stimmte Kach Wilbur zu, »sie halten sich Menschen nicht als Spielzeug, sondern eher als –«, Kach stockte und suchte sichtlich nach Worten, und Dragar beendete für ihn den Satz: »– als Freunde. Als Spielkameraden. Im

besten Fall, versteht sich natürlich. Aber der trifft hier zu.«

Verwundert hob Wilbur seine buschigen Brauen und setzte an, etwas zu sagen, als auf einmal in seinem Rücken ein Gekreisch und Gezeter anhob: Den Käfig mit Bo und Sir Robert im Arm schob sich eben der rothaarige Riese mühsam durch das Gedränge. Aber nicht nur seine breitschultrigen Brüder, die sich neugierig um Wilbur und die Drachen drängten, machten es ihm schwer, vorwärts zu kommen. Das größte Hindernis waren vielmehr seine eigenen Kinder. Brüllend und schreiend hingen die ihm an Beinen und Armen und versuchten, des Käfigs wieder habhaft zu werden. Was ihnen nur wenige Schritte vor Wilbur und den Drachen sogar tatsächlich gelang: Mit ihrer gesamten widerspenstigen Kraft, die sie als Riesenkinder nun einmal besaßen, verteidigten sie jetzt ihre wiedergewonnene Beute und ließen keinen Erwachsenen näher als eine Armlänge an sich heran.

»Das sind unsere Puppen! Ihr seid gemein, wenn ihr sie fortnehmen wollt!«, kreischte das Riesenmädchen und versetzte einem Riesen, der mit besänftigenden Gesten und gutmütigem Gurren auf sie zukommen wollte, einen kräftigen Tritt in den Bauch. Auch der Riesenjunge wusste sich gut zu verteidigen: Mit gebleckten Zähnen stand er neben seiner großen Schwester und biss in jede haarige Hand, die dem Käfig zu nah kam.

»Ruf sie zur Ordnung!«, schnauzte Wilbur den rothaarigen Riesen kurz an, aber das war leichter gesagt als getan. Auch auf ihn wollten die beiden Kinder nicht hören.

»Wisst Ihr, sie haben sich solche Puppen schon immer gewünscht«, wandte der Riesenvater sich nach dem fünften fehlgeschlagenen Erziehungsversuch entschuldigend an seinen Häuptling, aber Wilbur wollte nichts davon wissen: »Wer nicht hören will, muss fühlen! Wär ja noch schöner, sich von zwei Gören auf der Nase rumtanzen zu lassen! Ergreift sie! Los! Macht schon!«

Doch noch bevor die erwachsenen Riesen sich auf die Kinder hätten stürzen können, wichen sie auch schon vor ihnen zurück: Blitzschnell hatte das Riesenmädchen in den Käfig gegriffen, und in ihrer triumphierend hochgehobenen Hand hing nun die vor Schreck halb ohnmächtige Bo. »Wenn wir sie nicht behalten dürfen, dann kriegt sie niemand! Ich schwör euch, ich mach sie kaputt!«, brüllte das Riesenmädchen und schüttelte drohend ihre Faust mit der vergeblich zappelnden Beute darin.

»Jetzt reicht's! Jetzt komm ich herüber und leg dich

selbst übers Knie!«, tobte Wilbur, und nur unter Anstrengung konnte Dragar mit seinen mächtigen Pranken den Riesenhäuptling davon abhalten, sich auf das Riesenmädchen zu stürzen. Dessen Griff wurde fester und fester. Bo bekam nur noch schwer Luft. Und mit aller Kraft, die sie hatte, schrie sie: »Hör auf!«

Langsam senkte sich die Faust und schließlich öffnete sie sich ein wenig. »Du rasselst zwar nicht, aber du kannst reden wie ich?« Lächelnd blickte das riesige Mädchengesicht hinunter auf Bo.

»Ja, ich kann reden, und wenn du mir zuhörst, kann ich dir helfen«, antwortete Bo, und ihr Herz klopfte wild in der Brust.

Das Riesenmädchen runzelte misstrauisch ihre Stirn: »Helfen? Du willst mir helfen? Verwechselst du da nicht etwas?«

Mit zitternden Knien richtete Bo sich auf der Handfläche auf und versuchte, so ruhig wie möglich zu klingen: »Aber ja doch, ich kann dir helfen! Ich kann dir helfen, dass du nicht gleich die größte Tracht Prügel deines Lebens beziehst, sondern stattdessen noch mehr Puppen zum Spielen bekommst!«

Welches Kind würde so einem Angebot lange widerstehen: keine Strafe und dafür noch eine schöne Belohnung? Das Riesenmädchen hob jedenfalls Bo an sein Ohr und ließ sich diesen hervorragenden Plan gern genauer erklären. Dann nickte es, entwand dem kleineren Bruder die schon arg verbeult aussehende Rüstung – nach dem Vorbild der Schwester hatte auch er sie aus dem Käfig geklaubt – und trat mit beherztem Schritt auf seinen Vater zu. »Da!«, sagte es und streckte ihm Bo und Sir Robert entgegen. »Ich will sie nicht mehr!«

Der Vater strahlte auf. Erleichtert nahm er die Spielzeuge seiner Tochter entgegen, aber dann stutzte er, blickte misstrauisch erst auf die winzigen Wesen und dann auf sein Mädchen und fragte mit argwöhnischem Ton: »Aber *warum* willst du sie plötzlich nicht mehr? Sind sie etwa kaputt?«

»Nein, sie funktionieren noch immer. Aber das Menschenkind hat mir gesagt, dass die Drachen, wenn wir brav sind und ihnen gehorchen, uns andere Puppen schenken. Solche, mit denen man prima Krieg spielen kann. Sogar winzige Hämmer sollen sie haben!«

Verdutzt wandte sich der Riesenvater an Kach und Dragar, aber die fingen bloß an, laut zu lachen. Behutsam nahm Dragar ihm Bo und die Rüstung aus der grobschlächtigen Hand.

»So soll es sein!«, sagte Kach und gab seinen noch immer am Himmel wartenden Drachen das Zeichen zum Abflug. »Bevor es Nacht wird, sollt ihr das neue Spielzeug bekommen!«

Er spreizte schon seine Flügel, als Wilbur ihn an der Schulter berührte: »War das alles? Ihr seid tatsächlich bloß wegen der Puppen gekommen?«

Kach drehte seine fünf Köpfe zu ihm. Eindringlich fixierten seine zehn Augen den Riesen: »Ja, Wilbur, glaub mir. Es ging um nicht mehr und nicht weniger als um das Wohl dieser zwei.« Dann hob er ab.

Zweifelnd blickte Wilbur dem abfliegenden Drachenschwarm hinterher.

* * *

»Sir Robert?« Bo saß auf dem Rücken Dragars und stupste vorsichtig die Rüstung vor sich.

»Ja, Bo?«

»Ich möchte mich entschuldigen. Es war falsch zu glauben, dass uns die Drachen im Stich lassen würden –«

»Zum Glück war es das«, unterbrach sie die Rüstung, »und damit lass es gut sein. Deine Idee, was mit Torwa und dem Orden passiert, war übrigens phänomenal! Stell dir vor: ein Leben lang Rassel in den Händen der Kinder! Eine bessere Strafe als diese gibt es wohl kaum!«

Bo lachte auf. Um ihren Bauch, merkte sie plötzlich, lag noch immer der goldene Ring. Und wenn schon. Eine Entschädigung hatte sie sich nun wirklich verdient!

# *Abschied*

Dragar setzte die beiden am Brutfelsen ab und machte sich auf, endlich seinen Sohn abzulösen. »Ich hatte ihm versprochen, schon am Morgen zu kommen, und jetzt ist es schon beinahe Abend. Doch wie ich ihn kenne, wird er schon gewusst haben, wie sich ein Drache im Dienst seine Zeit gut vertreibt ... Er wird es begrüßen, den Riesenkindern ihr neues Spielzeug zu liefern! Nur schade, dass wir auch die Hämmer abgeben müssen. Doch was soll's! Ein bisschen Anstrengung beim Schlüpfen hat noch keinem geschadet. Und ich muss es wissen! Also, ihr zwei: Passt auf euch auf, wir sind bald zurück!«

Bo winkte ihm nach und ging dann zu Kach. Offen und dankbar strahlte sie den ergrauten Drachen an: »Sie haben uns das Leben gerettet!«

Kach lächelte leicht. »Ja, Gleiches mit Gleichem, mein Mädchen. Wir standen in eurer Schuld, doch damit ist sie beglichen. Verlasst uns jetzt bitte. Unsre Eier werden bald schlüpfen, und wie du selber gespürt hast, erreichen wir jetzt die heißeste Phase. Wenn wir die Riesen nicht noch mehr verärgern wollen, haben wir mächtig zu tun.« Und wie zum Beweis seiner Worte fing, noch während er sprach, hinter ihm ein Baum an zu brennen. Ein Farbwechslerdrache trat mit grünleuchtendem Kragen die züngelnden Flammen aus. Das Feuer erstickte sofort, aber Bo konnte den Blick vom Baum einfach nicht wenden. Wie Schneeflocken rieselte weiße Asche von seinen Zweigen herab, und sie zuckte zusammen. Was hatte Torwa in der Höhle kurz vor dem Einsturz gesagt? *Das bisschen ewigen Winter überstehen wir leicht*? Und sie hatte ihn gar nicht verstanden! Aber jetzt fiel es ihr wie silberne Schuppen von den Augen: die Eier! Die verschwundenen Eier mit ihrer fehlenden Hitze waren schuld am Kälteeinbruch in ihrer Heimat Katanien! Aber natürlich! Hier war es zu heiß, und in Katanien froren die Menschen! Katanien *brauchte* die Drachen!

Und mit der ganzen Kraft, die sie hatte, widersprach sie dem Anführerdrachen. »Ich gehe nur, wenn ihr mitkommt!«

Ein ungläubiges Raunen ging durch die Gruppe der Drachen. Bo hatte sich wirklich getraut, dem ältesten Drachen zu widersprechen! Das wagte sonst niemand, und erst recht nicht ein Mensch. Erboste Blicke fielen auf sie, und Sir Robert griff ihren Arm und zog sie schützend heran. »Bist du wahnsinnig, Bo? Jetzt ist keine Zeit, an deinen Vater zu denken! Er wird's überleben, kein Held mehr zu sein! Aber glaub mir, du wirst nicht alt, wenn du weiter so sprichst!«, beschwor er sie leise, doch Bo schüttelte brüsk seine Hand ab und trat vor das Rothaupt.

»In Katanien ist die Ernte erfroren. Das ganze Land liegt unter Schnee. Seht ihr denn nicht, um was es hier geht? Eure Eier! Wir brauchen sie dort! Ohne euch gehen wir unter im Eis! Torwa und seine Banditen sind keine Gefahr mehr. Sie sind, könnte man sagen, in besten Händen, das wisst ihr doch auch! Und überhaupt – fehlt euch das nicht? Der Kampf? Das Geschrei? Und nicht zu vergessen, der Tanz der Helden?«

»O ja, sie tanzten immer sehr schön«, sagte leise das Rothaupt und blickte verträumt in die Ferne, aber dann richtete er seinen Blick wieder fest auf Bo. »Doch hier ist es besser. Wer braucht denn das Gehüpfe der Helden, wenn es hier Sicherheit gibt?«
»Also ich hätte gern mehr vom Heldenballett!«, hörte Bo eine Stimme von oben. Gefolgt von seinem Vater Dragar flog Faff schwirrend heran. Sie landeten dicht neben Bo. Dragar warf seinem Sohn einen mahnenden Blick zu, doch ungerührt sprach dieser weiter: »Es ist urkomisch, ich hab es selbst gesehen! Und welcher Drache kämpft denn nicht gern? Also ich komme mit ihr!«
Die jüngeren Drachen tuschelten leise und flatterten aufgeregt mit den Flügeln. »Warum eigentlich nicht?«, wagte einer zu rufen, und ein anderer stimmte ihm zu: »Ja, ihr Großen hattet den Spaß in Katanien, und wir sitzen hier und langweilen uns, das ist nicht fair!«
Eine große Drachin aus der Gruppe der Schimmernden Blasslinge drängte sich vor und umarmte Faff zärtlich. »Mein Sohn«, sagte sie stolz und hob anmutig ihre drei Köpfe, »liebt eben die Kunst so wie ich! Auch er braucht den Tanz, den Gesang, sonst kann er nicht leben. Meine schönste Zeit hatte ich mit den Helden. Ach, wie ergriffen sahen

sie aus, wenn ich sang! Nicht wenige lagen vor mir im Dreck, und sie weinten sogar! Jetzt, wo der Orden vom Zerbrochenen Ei unschädlich ist und bloß im Kinderzimmer noch Krieg spielt, werde ich ihn begleiten!«

Das Rothaupt wiegte bedächtig die Köpfe. »Nun gut, wer will, soll ihr folgen. Aber auch wenn es den Orden vom Zerbrochenen Ei nicht mehr gibt – seid wachsam. Wer sagt euch, dass die Helden nicht wieder auf Teufeleien verfallen?«

Sir Robert trat vor. »Ihr habt Recht. Dennoch – das Wilde Land als Zuflucht der Drachen wird bleiben. Ihr seid wehrhaft. Und ihr habt Freunde.«

Das Rothaupt lächelte bitter. »O ja, unsere Freunde sind bei uns: ein Kind und altes, doch tapferes Eisen. Seid gewiss, Sir Robert vom Mitleidigen Blech, wir wissen genau: bessere fänden wir wohl tatsächlich nicht. Doch um eins muss ich Euch bitten: Stillschweigen. Unser Leben im Wilden Land geht die Katanier nichts an. Außerdem sah ich, dass Eure Rüstung nun leer ist. Mein aufrichtiges Beileid zu Eurem Tod – wann trat er eigentlich ein? – sei Euch hiermit versichert. Doch ich möchte nicht, dass ein weiterer Held das Geheimnis des Drachenflügels erfährt. Ich bestehe darauf, dass er wieder zu Dragar zurückkehrt.«

Entsetzt schrie Bo auf, und auch Sir Robert zuckte zusammen. Doch dann wandte er sich besänftigend zu Bo: »Kach hat ganz Recht. Es ist besser, wenn Katanien nichts von all dem erfährt. Dein Vater würde den Flügel sofort bemerken. Und du hast selber gesehen, wie mühsam es ist, zusammen mit mir in der Rüstung zu sein. Für zwei Helden ist sie einfach zu klein.«

»Dann komm eben nicht wieder zu mir nach Hause zurück. Bleib einfach weg!«, bedrängte ihn Bo, aber Sir Robert schüttelte seinen Helm. »Zu riskant. Was, wenn jemand anderes mein Geheimnis entdeckt? Außerdem: Altes Eisen wie ich sollte wissen, wann es Zeit ist, dass es Platz für Jüngere macht.«

Faff kam zu ihr und umarmte sie heftig, und auch Dragar trat heran, legte tröstend seine silberne Pranke auf Bos Schulter und beugte sich zu ihr hinab. »Ich komme mit meiner Frau und Faff nach Katanien zurück, ich bin also ganz in der Nähe. Diesmal passe ich gut auf meinen vierten Flügel auf, und wenn es notwendig ist, das verspreche ich dir, lass ich ihn ziehen. Und den Weg zur Rüstung findet er immer«, flüsterte er ihr leise ins Ohr.

## *Die Rückkehr der Drachen*

Und so ist die Geschichte schon beinahe zu Ende. Mit Bo kamen viele Drachen zurück, und das Eis wich dem Herbst. Darauf folgte der Winter, doch er war mild, und zu seiner Zeit löste der Frühling ihn ab.

Harold und Lill waren glücklich. Nach drei verzweifelten Tagen hatten sie ihre Tochter wieder bei sich. Sie war schweigsam bei ihrer Ankunft, ihre Haare waren struppig geschoren, und die Rüstung, die neben ihr am Hauseingang lehnte, sah verbeult und zerkratzt aus. Im Helm klaffte ein

riesiges Loch. Doch was machte all das, wenn bloß Bo wieder da war! Wo sie gewesen war, verriet Bo ihnen nicht. Auch nicht, woher sie den goldenen Gürtel hatte. Ohne Schnalle saß er wie ein riesiger Ring auf ihrer Hüfte und ging nur schwer ab. »Wie hast du ihn überhaupt anziehen können?«, fragte Lill ihre Tochter, aber Bo antwortete nicht. Dafür hatte sie eigene, höchst seltsame Fragen: Sie wollte wissen, ob ein abgerissener Drachenflügel tatsächlich wieder anwachsen könne. Man habe ihr so was erzählt, sagte sie, und wenn ja, ob er im Notfall sich wieder losreißen könne. »In welchem Notfall?«, fragte ihr Vater, der nicht verstand, was sie meinte, und auch bei der Antwort legte sie sich nicht fest. »Einfach im Notfall. Wenn es ein Herz braucht. Etwas, das fliegt.«
Natürlich wusste Harold auf die Frage keine sichere Antwort. Er hatte gelernt, dass Drachenhaut dünn, aber zäh war, dass sie die Fähigkeit hatte, schnell zu verheilen, doch ob ein abgerissener Flügel tatsächlich wieder anwachsen konnte, das wusste er nicht. Auch nicht, ob er sich wieder losmachen konnte. Von einem Drachen mit Klettverschlussflügeln hatte er in seinen Seminaren nie etwas gehört.
Aber was wusste Bos Vater denn schon! Er war

ein Held mit Diplom und ohne jede Erfahrung in seinem Beruf. Dass er die dann doch noch bekam, konnte er selbst kaum glauben. Kurz nach Bos Rückkehr gab es die ersten Berichte von Drachen. Anfänglich hielten die meisten sie bloß für dumme Gerüchte. Doch nach den ersten zertrampelten Dächern war allen klar: Es gab wieder Drachen! Sie waren zurück!
Die ersten Helden zogen aus in den Kampf, und auch Harold putzte verbissen die Rüstung, beulte sie aus und flickte das Loch. Vom Geld, das der goldene Ring ihnen brachte, kaufte Bo ihrem Vater ein Pferd. Es war schwarz mit einer weißen Blesse und ein erfahrenes Tier. Auf seinem kräftigen Rücken war noch vor kurzem ein alter, kampferprobter Held in seiner Rüstung zu den Drachen geritten, hatte der Pferdehändler gesagt und Bo erzählt, sein früherer Besitzer habe bis zuletzt das Tier aufs Beste umsorgt und gepflegt und sei auch im Alter nie mürrisch gewesen: »Nach so langer Zeit im Beruf noch immer ein fröhlicher Held! Stell dir das vor!« Und Bo hatte genickt und eine leise Ahnung gehabt, von welcher Rüstung der Pferdehändler so voller Hochachtung sprach.
In einer ruhigen Minute, Lill saß vor einem Blatt weißem Papier und klagte, dass ihr einfach nichts

einfallen wolle, empfahl Bo ihrer Mutter, sich doch ans Pferd zu wenden. »Es könnte dir sicher vieles erzählen, schließlich hat es schon eine Menge gesehen, Drachen und Helden, aufregende Kämpfe – du musst nur versuchen, es zum Reden zu bringen.«
Lill sah Bo stirnrunzelnd an. »Warum nicht, aber wie, bitte, stell ich es an, dass es überhaupt mit mir spricht?« Doch darauf wusste auch Bo keine Antwort. Und ob Lill sie denn fand, ist keineswegs sicher. Jedenfalls saß sie nun öfters im Stall und versuchte, das Pferd in ein Gespräch zu verwickeln.
Derweil traf Harold letzte Vorkehrungen für seinen ersten Ritt zu den Drachen. Bo schien darüber nicht sonderlich glücklich. Statt sich zu freuen, dass ihr Vater nun doch ein Held sein konnte, und ihm beim Packen zu helfen, drängelte sie, er solle mit dem Dachdecker sprechen und ihn überzeugen, statt mit roten lieber mit blauen Ziegeln zu bauen. Bis auf den Farbwechselnden Kragendrachen, behauptete sie, seien die Drachen fast völlig farbenblind und verwechselten rote Dächer mit moosbewachsenen Hügeln, auf die sie drauftreten könnten.
»Nicht nur das Rothaupt? Nicht nur auf neun von zehn Augen?«, fragte ihr Vater, der seine Theorie in ernster Gefahr sah, aber sie schüttelte heftig den Kopf.

»Woher weißt du das, Bo?«, fragte Harold, doch soseehr er auch fragte, sie verriet es ihm nicht. Um ihr den Gefallen zu tun, ging er tatsächlich zum Dachdecker-Hans. Und die blauen Ziegel wurden richtig modern. Die Dächer wurden nicht mehr zerstört, und trotzdem machte der Dachdecker-Hans ein gutes Geschäft: Nach Rücksprache mit Bo wurden später gelbe Ziegel modern. Dann sogar schwarz-weiß karierte. Die Häuser Kataniens wurden bunter und bunter, und der Reklamespruch *Die Ziegel von Hans bleiben drachenfest ganz* reimte sich plötzlich nicht nur, sondern entsprach erstaunlicherweise sogar der Wahrheit.

Als Harold dann das erste Mal auszog in den Kampf mit den Drachen, war es seltsam für Bo, gleichzeitig schön und doch traurig, ihn in der Rüstung Sir Roberts zu sehen. Sie strich ihrem Vater über die gepanzerte Brust und fragte, ob er denn wirklich auch wolle. Ob das notwendig sei. Dieses Heldsein.

»Ich habe Angst, dass sie dir wehtun. Und ich möchte nicht, dass du vor ihnen tanzt. Einige singen sogar. Und glaub mir, das willst du gar nicht erleben.«

Harold nahm seine Tochter fest in den Arm. Er streichelte über ihr Haar und ihr Gesicht und mit vor Tatendrang leuchtenden Augen sagte er, er verstehe mal wieder kein Wort. Er habe nicht vor, vor den Drachen zu tanzen, und Drachengesänge interessierten ihn nicht. Aber eines sei sicher: Er wolle Held sein. Und sie solle unbesorgt sein. Schon wegen ihr passe er gut auf sich auf.

»Du wirst scheitern«, sagte sie ihm. »Gegen die Drachen wirst du verlieren.«

»Das werden wir sehen«, sagte ihr Vater, »und wenn schon. Ich komme schon durch. Oder magst du deinen Vater nicht mehr, wenn er auch mal verliert?«

»Doch«, sagte Bo, »sogar dann.« Und am liebsten hätte sie ihn gebeten, ihr zu versprechen, dass er *niemals* gegen die Drachen gewann, doch stattdessen lächelte sie, ließ ihn ziehen und wünschte ihm Glück.

Und das hatte er auch. Sobald die Drachen seiner besonderen Rüstung ansichtig wurden, gaben sie auf und versprachen von selbst, keiner einzigen Prinzessin Kataniens ein Härchen zu krümmen und auch den glatzköpfigen nie etwas zu tun. Er solle sie bitte, bitte verschonen und dann zum Essen da bleiben. Und saßen sie schließlich gemeinsam am Tisch, fragten sie ihn beiläufig, ob er denn Kinder habe. »Ach ja, eine Tochter?«, taten die Drachen erstaunt und sagten: »Bitte grüßen Sie sie ganz herzlich von uns!« War es dann Zeit für den Heimweg, klopften sie ihm die gepanzerte Schulter und bestaunten den Glanz seiner Rüstung. »Ein wahres Prachtstück«, lobten sie sie, und Harold lächelte stolz und geschmeichelt.

Bos Vater war mehr als erstaunt. Das Heldendasein hatte er sich um einiges schwieriger vorgestellt. Er wurde rund um die Hüften und verstand nicht die griesgrämigen Mienen seiner Kollegen, die er auf seinen Reisen zufällig traf. Andauernd klagten die über schmerzende Füße und faselten seltsames Zeug von feurigen Tänzen.

»Ihr tanzt mit den Drachen? Warum tut ihr denn das?«, fragte Harold, und die anderen Helden verdrehten die Augen, doch verrieten ihm nie, was genau sie denn meinten. Wahrscheinlich schämten sie sich. Doch in einem Punkt stimmten sie dem glücklichen Harold gern zu: Die Küche der Drachen war exzellent. Und ihr Bier war immer schön kalt.

Doch wenn er annahm, er werde zu Hause genauso fürstlich wie bei den Drachen bedient, irrte sich Harold. Als er von seiner ersten Tour bei den Drachen zurückkam, gab es natürlich ein rauschendes Fest. Doch schon am nächsten Tag setzte Lill sich wieder an ihren Schreibtisch, arbeitete weiter an ihrem Buch über Drachen und sagte, zum Kochen habe sie momentan keine Zeit. *Er* könne ja, wenn er wolle. Schließlich bestellte Bo Pizza, und nur Harold schmeckte sie nicht. Bo und Lill waren völlig zufrieden mit ihr.

Und als Harold sich später an den Küchentisch setzte und seine Tochter bat, ihm ein Bier aus dem Kühlschrank zu bringen, stemmte Bo ihre Hände empört in die Seiten und meinte bloß: »Hol's dir doch selbst!« Dann ging sie hinaus zu dem Pferd, sattelte es und schimpfte dabei laut vor sich hin: »Mein Vater wird fauler und fauler! Ein wenig Sport täte ihm gut!«

Das Pferd drehte den Kopf zu ihr hin und grinste sie an: »Tanzen wäre genau die richtige Sportart für Harold, findest du nicht?«

Bo stutzte und blickte verblüfft dem sprechenden Pferd auf das gelbe Gebiss. »Vielleicht«, sagte sie schließlich und tätschelte leicht seinen Hals, »aber darüber können wir später noch reden.« Sie nahm die Zügel und schwang sich auf seinen Rücken. »Was meinst du, wohin sollen wir reiten?«, fragte sie es.

»Geradeaus, ein paar Kurven nach rechts und nach links und dann immer weiter«, schlug es ihr vor.

Bo fand, das klang ziemlich gut. Und so ritten sie los.

Ich danke der
Kunststiftung Baden-
Württemberg und dem LCB
für die Unterstützung, die
Sicht auf den herbstlichen
Wannsee und vor allem für
den unverstellten Blick auf
die Geschichte von Bo.

*L. K.*

# *Emily in ihrem Element*

Emily lebt mit ihrer Mutter auf einem Boot, aber sie war noch nie im Wasser. Als sie endlich, in der 7. Klasse, einen Schwimmkurs besuchen darf, fühlt sie sich wie in ihrem Element – aber da ist auch ein seltsames Ziehen in den Beinen. Als sie nachts heimlich schwimmen geht, passiert es: Emily wird zu einem Meermädchen!

Liz Kessler
**Emilys Geheimnis**
256 Seiten. Gebunden
ISBN 3-596-85159-9

## *Fischer Schatzinsel*

fi 85159 / 1

## *Zwei ungleiche Freunde erleben das größte Abenteuer ihres Lebens*

Welche Art Geist soll er bloß werden? Arthur hat schon alles ausprobiert: Socken klauender Poltergeist zum Beispiel – aber dafür ist er einfach nicht fies genug. Oder ein Trübsalverkünder – aber ihm wollen einfach keine traurigen Gedichte einfallen. Doch dann hört er von dem Jungen Tom, über den sich alle lustig machen. Und da weiß Arthur, was er werden will: Toms unsichtbarer Freund! Und den kann Tom wirklich gut gebrauchen ...

Louise Arnold
**Arthur Unsichtbar und der Schrecken von Thorblefort Castle**
Mit Vignetten von Brett Helquist
320 Seiten, gebunden
ISBN 3-596-85203-X

***Fischer Schatzinsel***

fi 85203 / 1